U0025378

超簡單

手繪

イラスト旅の日本語

旅遊日語

🐾 增修二版　作者 橋本友紀／池畑裕介　譯者 蔡承啟

MP3

寂天雲 APP

如何下載 MP3 音檔

❶ 寂天雲 APP 聆聽：掃描書上 QR Code 下載「寂天雲－英日語學習隨身聽」APP。加入會員後，用 APP 內建掃描器再次掃描書上 QR Code，即可使用 APP 聆聽音檔。

❷ 官網下載音檔：請上「寂天閱讀網」（www.icosmos.com.tw），註冊會員／登入後，搜尋本書，進入本書頁面，點選「MP3 下載」下載音檔，存於電腦等其他播放器聆聽使用。

超簡單 手繪旅遊日語 イラスト 旅の日本語 🐾 增修二版

作者：橋本友紀／池畑裕介

コラム：吉原早季子

譯者：蔡承啓

編輯：黃月良

校對：洪玉樹

封面設計：林書玉

製程管理：洪巧玲

出版者：寂天文化事業股份有限公司

發行人：黃朝萍

電話：02-2365-9739

傳真：02-2365-9835

網址：www.icosmos.com.tw

讀者服務：onlineservice@icosmos.com.tw

- -

- -

出版日期：2024 年 7 月 二版再刷 （寂天雲隨身聽APP版）(0204)

郵撥帳號：1998-6200 寂天文化事業股份有限公司

* 訂書金額未滿1000元，請外加運費100元。

　〔若有破損，請寄回更換，謝謝。〕

國家圖書館出版品預行編目資料

超簡單手繪旅遊日語（寂天雲隨身聽APP版）/
橋本友紀, 池畑裕介著；蔡承啟譯. -- 增修二版.
-- [臺北市]：寂天文化事業股份有限公司,
2022.09　印刷 面；　公分
ISBN 978-626-300-160-2　(20K平裝)

1.CST: 日語　2.CST: 旅遊　3.CST: 會話
803.188　　　　　　　　　111014956

目錄

前言

　　這本書主要是設計給學過五十音的初學者使用的，所以開始企劃本書內容時，我認為做起來應該不會太難，但是沒想到實際開始著手製作後，發現遠比當初想像的來得困難、費功夫多了。

　　首先，每一頁內容所有的細節都是一一手工繪寫而成，一頁有時候得花個幾天才能完成，若萬一在最後發現有錯誤還得重新再畫一次。但是我可以很自豪地說，如此辛苦完成的頁面，每一頁都是獨一無二的。

　　此外，另一個困難點就是，如何構思將繁雜的資料以簡潔清楚的方式呈現。為了要配合初級的程度，在規劃內容配置時，個人花了許多心思去調整位置，希望對讀者的日語學習有實質的幫助。

　　雖然個人全心製作本書，但是相信書中仍然有我沒有考慮周全的地方，若有任何不合適的地方，還請讀者多多指教。

　　在繪製的過程中受到許多朋友的協助，在此表示感謝。

　　　　　　　　　　　　　　　　　　橋本友紀

• •

　　本書設定是以「溫馨」為主要風格，所以全書大部分為手繪手寫完成。希望藉由這種方式拉近與讀者之間的距離，讓讀者感到親切、溫暖。

　　本書設定使用對象是初學者，所以內容以旅遊情境為主軸，每個情境舉出最簡單常用的句子，再列出豐富的單字，讓讀者可以直接套入使用，短時間就可以立即學會最基礎的句子，現學現用，非常實用。

　　另外，還補充有各情境相關的小常識，希望讀者可以藉此更加了解日本當地的情況。讀者若是實際到日本觀光時，可以帶著這本書隨時翻查。若是一時開不了口，還可以直接指著書上的內容給日本人看，傳達自己要表示的意思。

　　當然，若可以事先在台灣就先惡補一下本書舉出的經典必學旅遊句型和單字，相信您可以更輕鬆愉快地暢遊日本。

　　在此感謝本書另一位作者橋本友紀認同本書的製作理念，以專業者的精神，精心繪製每一頁內容，呈現出最佳的作品。另外感謝本書譯者蔡承啟在百忙之中，抽空完成翻譯。

　　　　　　　　　　　　　　　　　　池畑裕介

本書使用方法

🐾 五十音表

　　本書在內容開頭處附上五十音表，內容包含五十音字母、羅馬拼音，及國語注音，讓初學者可以輕鬆地學習。國語注音只在五十音表出現，在本文中並沒有加國語注音，希望讀者不要過於依賴國語注音，影響正確的學習。

羅馬拼音		五十音字母		國語注音	
あ a ㄚ	い i ―	う u ㄨ	え e ㄟ	お o ㄡ	
か ka ㄎㄚ	き ki ㄎㄧ	く ku ㄎㄨ	け ke ㄎㄟ	こ ko ㄎㄡ	
さ sa ㄙㄚ	し shi ㄒㄧ	す su ㄙ	せ se ㄙㄟ	そ so ㄙㄡ	
た ta ㄊㄚ	ち chi ㄑㄧ	つ tsu ㄘ	て te ㄊㄟ	と to ㄊㄡ	
な na ㄋㄚ	に ni ㄋㄧ	ぬ nu ㄋㄨ	ね ne ㄋㄟ	の no ㄋㄡ	
は ha ㄏㄚ	ひ hi ㄏㄧ	ふ fu ㄈㄨ	へ he ㄏㄟ	ほ ho ㄏㄡ	

🐾 漢字及片假名上注上平假名

　　本書在所有**漢字上方**均注上平假名，除此之外最特別的是**片假名上方也注有平假名**。初學者一般對平假名比較熟悉，片假名則需要多一些時間才能想起來怎麼讀，因此本書特別針對初學者的需求而設計了這項內容。

單字
羅馬拼音

漢字上的
假名注音

　　片假名上的假名注音，是為了方便讀者學習而加注的，一般外來語均以片假名表記，不會以平假名表記。

🐾 常用句子的套用：

為了讓讀者可以即學即用，本書列舉許多旅遊必學的句子，其下方會增列其他相關常用單字。讀者可以利用反覆地套用，達到熟練運用自如的效果。

下方單字套入頁首句子的框內：

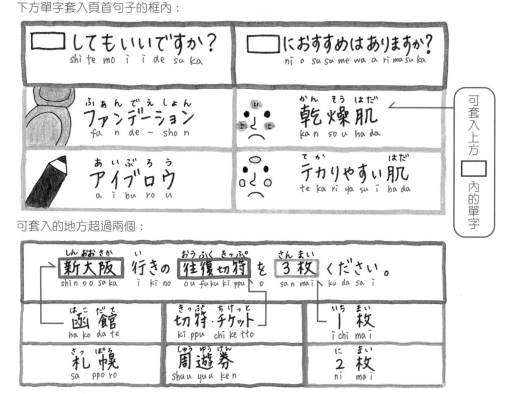

可套入的地方超過兩個：

若是要套入的單字有2個以上，其單字會分不同的色框。也就是說，同色的套同色的地方。

如：頁首句子中的

　　綠色框──「新大阪」，就可以替代為「函館」、「札幌」……。

　　藍色框──「往復切符」，就可以替代為「切符、チケット」、「周遊券」……。

　　灰色框──「3枚」，就可以替代為「1枚、2枚」……。

🐾 註解及小常識：

在本書中出現「＊」時，表示下方有加註相關解釋。有補充「小常識」的地方則以

「🗨」標示。如：

<退稅>
1.在同一個地方消費超過日幣一萬元以上，就可退還5%的消費稅。
2.在大多數的百貨公司、SAKURA、BIGKAMERA等大型的電器行裡也可以辦理退稅。
3.購買食品不能退稅。
4.只要把護照拿到服務中心核對身分就可辦理退稅。

平假名 (Gojūon)

あ a ㄚ	い i ㄧ	う u ㄨ	え e ㄟ	お o ㄡ
か ka ㄎㄚ	き ki ㄎㄧ	く ku ㄎㄨ	け ke ㄎㄟ	こ ko ㄎㄡ
さ sa ㄙㄚ	し shi ㄒㄧ	す su ㄙㄨ	せ se ㄙㄟ	そ so ㄙㄡ
た ta ㄊㄚ	ち chi ㄑㄧ	つ tsu ㄘ	て te ㄊㄟ	と to ㄊㄡ
な na ㄋㄚ	に ni ㄋㄧ	ぬ nu ㄋㄨ	ね ne ㄋㄟ	の no ㄋㄡ
は ha ㄏㄚ	ひ hi ㄏㄧ	ふ fu ㄈㄨ	へ he ㄏㄟ	ほ ho ㄏㄡ
ま ma ㄇㄚ	み mi ㄇㄧ	む mu ㄇㄨ	め me ㄇㄟ	も mo ㄇㄡ
や ya ㄧㄚ		ゆ yu ㄩ		よ yo ㄧㄡ
ら ra ㄌㄚ	り ri ㄌㄧ	る ru ㄌㄨ	れ re ㄌㄟ	ろ ro ㄌㄡ
わ wa ㄨㄚ		を o ㄡ		ん n ㄣ

が ga ㄍㄚ	ぎ gi ㄍㄧ	ぐ gu ㄍㄨ	げ ge ㄍㄟ	ご go ㄍㄡ
ざ za ㄗㄚ	じ ji ㄐㄧ	ず zu ㄗㄨ	ぜ ze ㄗㄟ	ぞ zo ㄗㄡ
だ da ㄉㄚ	ぢ ji ㄐㄧ	づ zu ㄉㄨ	で de ㄉㄟ	ど do ㄉㄡ
ば ba ㄅㄚ	び bi ㄅㄧ	ぶ bu ㄅㄨ	べ be ㄅㄟ	ぼ bo ㄅㄡ
ぱ pa ㄆㄚ	ぴ pi ㄆㄧ	ぷ pu ㄆㄨ	ぺ pe ㄆㄟ	ぽ po ㄆㄡ

きゃ kya ㄎㄧㄚ	きゅ kyu ㄎㄧㄨ	きょ kyo ㄎㄧㄡ	ぎゃ gya ㄍㄧㄚ	ぎゅ gyu ㄍㄧㄨ	ぎょ gyo ㄍㄧㄡ
しゃ sha ㄒㄧㄚ	しゅ shu ㄒㄧㄨ	しょ sho ㄒㄧㄡ	じゃ ja ㄐㄧㄚ	じゅ ju ㄐㄧㄨ	じょ jo ㄐㄧㄡ
ちゃ cha ㄑㄧㄚ	ちゅ chu ㄑㄩ	ちょ cho ㄑㄧㄡ	ぢゃ ja ㄐㄧㄚ	ぢゅ ju ㄐㄩ	ぢょ jo ㄐㄧㄡ
にゃ nya ㄋㄧㄚ	にゅ nyu ㄋㄧㄨ	にょ nyo ㄋㄧㄡ	ひゃ hya ㄏㄧㄚ	ひゅ hyu ㄏㄧㄨ	ひょ hyo ㄏㄧㄡ
びゃ bya ㄅㄧㄚ	びゅ byu ㄅㄧㄨ	びょ byo ㄅㄧㄡ	ぴゃ pya ㄆㄧㄚ	ぴゅ pyu ㄆㄧㄨ	ぴょ pyo ㄆㄧㄡ
みゃ mya ㄇㄧㄚ	みゅ myu ㄇㄧㄨ	みょ myo ㄇㄧㄡ	りゃ rya ㄌㄧㄚ	りゅ ryu ㄌㄧㄨ	りょ ryo ㄌㄧㄡ

ア a ㄚ	イ i ㄧ ー	ウ u ㄨ	エ e ㄟ	オ o ㄡ
カ ka ㄎㄚ	キ ki ㄎㄧ	ク ku ㄎㄨ	ケ ke ㄎㄟ	コ ko ㄎㄡ
サ sa ㄙㄚ	シ shi ㄒ	ス su ㄙㄨ	セ se ㄙㄟ	ソ so ㄙㄡ
タ ta ㄊㄚ	チ chi ㄑ	ツ tsu ㄘ	テ te ㄊㄟ	ト to ㄊㄡ
ナ na ㄋㄚ	ニ ni ㄋㄧ	ヌ nu ㄋ	ネ ne ㄋㄟ	ノ no ㄋㄡ
ハ ha ㄏㄚ	ヒ hi ㄏㄧ	フ fu ㄈㄨ	ヘ he ㄏㄟ	ホ ho ㄏㄡ
マ ma ㄇㄚ	ミ mi ㄇㄧ	ム mu ㄇㄨ	メ me ㄇㄟ	モ mo ㄇㄡ
ヤ ya ㄧㄚ		ユ yu ㄩ		ヨ yo ㄧㄡ
ラ ra ㄌㄚ	リ ri ㄌㄧ	ル ru ㄌㄨ	レ re ㄌㄟ	ロ ro ㄌㄡ
ワ wa ㄨㄚ		ヲ o ㄨ		ン n ㄣ

ガ ga ㄍㄚ	ギ gi ㄍㄧ	グ gu ㄍㄨ	ゲ ge ㄍㄟ	ゴ go ㄍㄡ
ザ za ㄗㄚ	ジ ji ㄐ	ズ zu ㄗㄨ	ゼ ze ㄗㄟ	ゾ zo ㄗㄡ
ダ da ㄉㄚ	ヂ ji ㄐ	ヅ zu ㄗㄨ	デ de ㄉㄟ	ド do ㄉㄡ
バ ba ㄅㄚ	ビ bi ㄅㄧ	ブ bu ㄅㄨ	ベ be ㄅㄟ	ボ bo ㄅㄡ
パ pa ㄆㄚ	ピ pi ㄆㄧ	プ pu ㄆㄨ	ペ pe ㄆㄟ	ポ po ㄆㄡ

キャ kya ㄎㄧㄚ	キュ kyu ㄎㄩ	キョ kyo ㄎㄧㄡ	ギャ gya ㄍㄧㄚ	ギュ gyu ㄍㄩ	ギョ gyo ㄍㄧㄡ
シャ sha ㄒㄧㄚ	シュ shu ㄒㄩ	ショ sho ㄒㄧㄡ	ジャ ja ㄐㄧㄚ	ジュ ju ㄐㄩ	ジョ jo ㄐㄧㄡ
チャ cha ㄑㄧㄚ	チュ chu ㄑㄩ	チョ cho ㄑㄧㄡ	ヂャ ja ㄐㄧㄚ	ヂュ ju ㄐㄩ	ヂョ jo ㄐㄧㄡ
ニャ nya ㄋㄧㄚ	ニュ nyu ㄋㄩ	ニョ nyo ㄋㄧㄡ	ヒャ hya ㄏㄧㄚ	ヒュ hyu ㄏㄩ	ヒョ hyo ㄏㄧㄡ
ビャ bya ㄅㄧㄚ	ビュ byu ㄅㄩ	ビョ byo ㄅㄧㄡ	ピャ pya ㄆㄧㄚ	ピュ pyu ㄆㄩ	ピョ pyo ㄆㄧㄡ
ミャ mya ㄇㄧㄚ	ミュ myu ㄇㄩ	ミョ myo ㄇㄧㄡ	リャ rya ㄌㄧㄚ	リュ ryu ㄌㄩ	リョ ryo ㄌㄧㄡ

① 数字 🎧01

いち 1 ī chī	に 2 nī	さん 3 sa n	し/よん 4 shi/yon	ご 5 go		にじゅう 20 ni juu	さんじゅう 30 san juu	よんじゅう 40 yon juu	ごじゅう 50 go juu	ろくじゅう 60 ro ku juu
ろく 6 ro ku	なな/しち 7 nana/shichi	はち 8 hachi	きゅう 9 kyuu	じゅう 10 juu	⑩	ななじゅう 70 na na juu	はちじゅう 80 hachi juu	きゅうじゅう 90 kyuu juu		例 はちじゅうご 85 hachi juu go

ひゃく 100 hya ku	にひゃく 200 nī hya ku	さんびゃく 300 san bya ku	よんひゃく 400 yo n hya ku	ごひゃく 500 go hya ku
ろっぴゃく 600 ro ppya ku	ななひゃく 700 na na hya ku	はっぴゃく 800 ha ppya ku	きゅうひゃく 900 kyu u hya ku	例 にひゃくさんじゅうご 235 ni hya ku san ju u go

せん 1000 se n	にせん 2000 nī se n	さんぜん 3000 san ze n	よんせん 4000 yo n se n	ごせん 5000 go se n
ろくせん 6000 ro ku se n	ななせん 7000 na na se n	はっせん 8000 ha sse n	きゅうせん 9000 kyu u se n	例 せんきゅうひゃくはちじゅう 1980 se n kyu u hya ku hachi juu

会話例

A: いくらですか？
ī ku ra de su ka
多少錢？

B: 120円です。
 en de su
120日圓。

 500元 500元（台幣）
 ge n

🐾 25ドル 25塊美金
 do ru

まん 万 ma n	じゅうまん 十万 juu ma n
ひゃくまん 百万 hya ku ma n	いっせんまん 一千万 ī sse n ma n
いちおく 一億 ī chi o ku	ごてんろくなな 5、67 go ten ro ku na na
さんじゅっぱあせんと 30% san ju ppa-sen to	にぶんのいち 二分の一 ni bu n no ī chi

二分之一

② 単位 1

 ください。 請給我～。
ku da sa i

いっぱい	にはい	さんばい	よんはい
1杯	2杯	3杯	4杯
i ppa i	ni ha i	san ba i	yon ha i
ろっぱい	はっぱい	じゅっぱい	なんばい
6杯	8杯	10杯	何杯
ro ppa i	ha ppa i	ju ppa i	nan ba i

🐾 ごはい ななはい きゅうはい
5杯、7杯、9杯

いっこ	にこ	さんこ	よんこ
1個	2個	3個	4個
i kko	ni ko	san ko	yon ko
ろっこ	はっこ	じゅっこ	なんこ
6個	8個	10個	何個
ro kko	ha kko	ju kko	nan ko

🐾 ごこ ななこ きゅうこ
5個、7個、9個

1張…1片…1件…

いちまい	にまい	さんまい	よんまい
1枚	2枚	3枚	4枚
i chi ma i	ni ma i	san ma i	yon ma i
ろくまい	はちまい	じゅうまい	なんまい
6枚	8枚	10枚	何枚
ro ku ma i	ha chi ma i	ju u ma i	nan ma i

🐾 「枚」：張、件、
片。為薄平物品
之數量單位。

🐾 ごまい ななまい きゅうまい
5枚、7枚、9枚

1隻…、1瓶…

いっぽん	にほん	さんぼん	よんほん
1本	2本	3本	4本
i ppo n	ni ho n	san bo n	yon ho n
ろっぽん	はっぽん	じゅっぽん	なんぼん
6本	8本	10本	何本
ro ppo n	ha ppo n	ju ppo n	nan bo n

🐾 「本」：瓶、隻。
為細長物品之數
量單位。

🐾 ごほん ななほん きゅうほん
5本、7本、9本

🐾 例 こおひい
コーヒー、ふたつください。
請給我兩杯咖啡。

ひとつ	ふたつ	みっつ	よっつ	いつつ
hi to tsu	fu ta tsu	mi ttsu	yo ttsu	i tsu tsu
一個	兩個	三個	四個	五個
むっつ	ななつ	やっつ	ここのつ	とお
mu ttsu	na na tsu	ya ttsu	ko ko no tsu	to o
六個	七個	八個	九個	十個

いくつ	幾個
i ku tsu	

🐾 購物、餐廳點餐時只要說「ひとつ」…等數量詞就OK！

いちだい 1台 i chi dai	にだい 2台 ni dai	さんだい 3台 san dai	よんだい 4台 yo n dai
ろくだい 6台 ro ku dai	はちだい 8台 hachi dai	じゅうだい 10台 juu dai	なんだい 何台 nan dai 幾台

5台、7台、9台
ごだい ななだい きゅうだい

ごにん ななにん きゅうにん
5人、7人、9人

ひとり 1人 hi to ri	ふたり 2人 fu ta ri	さんにん 3人 san ni n	よにん 4人 yo ni n
ろくにん 6人 ro ku ni n	はちにん 8人 hachi ni n	じゅうにん 10人 juu ni n	なんにん 何人 nan ni n

幾（個）人

ごばん ななばん きゅうばん
5番、7番、9番

いちばん 1番 ichi ban 1號	にばん 2番 ni ban 2號	さんばん 3番 san ban 3號	よんばん 4番 yo n ban 4號
ろくばん 6番 ro ku ban 6號	はちばん 8番 ha chi ban 8號	じゅうばん 10番 juu ban 10號	なんばん 何番 nan ban 幾號

cm	せんちめぇとる センチメートル se n chi me - to ru	公分
m	めぇとる メートル me - to ru	公尺
km	きろめぇとる キロメートル ki ro me - to ru	公里
g	ぐらむ グラム gu ra mu	公克
kg	きろぐらむ キログラム ki ro gu ra mu	公斤
ml	みりりっとる ミリリットル mi ri ri tto ru	毫升
l	りっとる リットル ri tto ru	公升

＊本書片假名長音的羅馬拼音以「－」標示，方便辨識。

例

🐾 にだい
これ、2台ください。

這個，請給我兩台。

Ⓐ なんにん
何人ですか？ 是幾個人呢？

Ⓑ ふたり
2人です。 2個人。

🐾 ひゃくぐらむ
100gのりんご

100g的蘋果。

🐾「cm」
只要說成「センチ」（sen-chi）就可以。
「km」和「kg」
只要說成「キロ」（ki-ro）就可以。

④ ○時○分（0點0分）

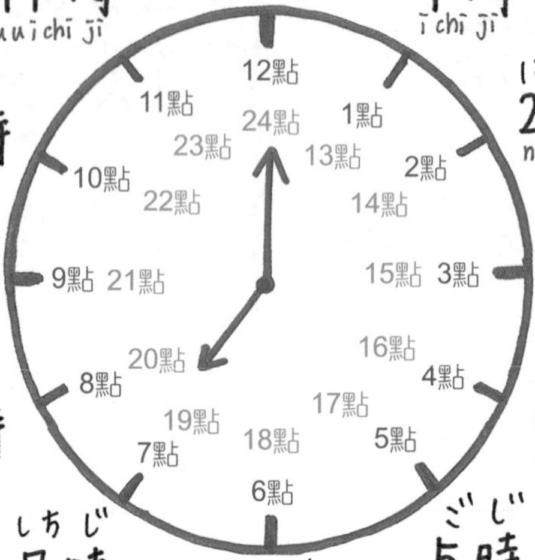
12點
24點
1點
13點
2點
14點
3點
15點
4點
16點
5點
17點
6點
18點
7點
19點
8點
20點
9點
21點
10點
22點
11點
23點

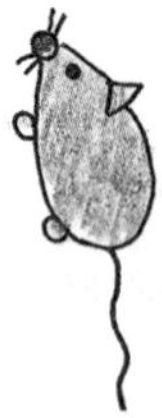

- じゅうにじ 12時 juu ni ji
- いちじ 1時 i chi ji
- にじ 2時 ni ji
- さんじ 3時 san ji
- よじ 4時 yo ji
- ごじ 5時 go ji
- ろくじ 6時 ro ku ji
- しちじ 7時 shi chi ji
- はちじ 8時 ha chi ji
- くじ 9時 ku ji
- じゅうじ 10時 juu ji
- じゅういちじ 11時 juu i chi ji

例

しちじ じゅっぷん
7時10分
7點10分

いっぷん 1分 i ppun	にふん 2分 ni fun	さんぷん 3分 san pun	よんぷん 4分 yon pun	ごふん 5分 go fun
ろっぷん 6分 ro ppun	ななふん 7分 na na fun	はっぷん 8分 ha ppun	きゅうふん 9分 kyuu fun	じゅっぷん 10分 ju ppun
じゅういっぷん 11分 juu i ppun	にじゅっぷん 20分 ni ju ppun	さんじゅっぷん 30分 san ju ppun	はん 半 ha n 半（30分）	

なんじ 何時 na n ji 幾時

なんぷん 何分 na n pun 幾分

会話例

A：今（いま）何時（なんじ）ですか？ 現在是幾點？

B：9時（くじ）20分（にじゅっぷん）です。 9點20分。

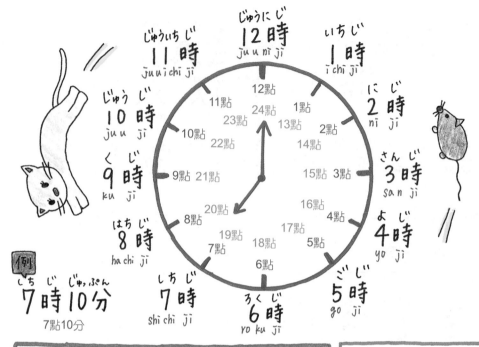

あさ 朝 a sa 早上

ひる 昼 hi ru 中午

よる 夜 yo ru 晚上

よなか 夜中 yo na ka 深夜

ごぜん 午前 go zen 上午 ・ ごご 午後 go go 下午

⑤ 〇月〇日 🎧03

いちがつ 1月 ichi ga tsu ／ にがつ 2月 ni ga tsu ／ さんがつ 3月 san ga tsu ／ しがつ 4月 shi ga tsu

ごがつ 5月 go ga tsu ／ ろくがつ 6月 ro ku ga tsu ／ しちがつ 7月 shi chi ga tsu ／ はちがつ 8月 ha chi ga tsu

くがつ 9月 ku ga tsu ／ じゅうがつ 10月 ju u ga tsu ／ じゅういちがつ 11月 ju u i chi ga tsu ／ じゅうにがつ 12月 ju u ni ga tsu

なん がつ 何月 na n ga tsu 幾月

なん にち 何日 na n ni chi 幾號

ついたち 1日 tsu i ta chi ／ ふつか 2日 fu tsu ka ／ みっか 3日 mi kka ／ よっか 4日 yo kka

いつか 5日 i tsu ka ／ むいか 6日 mu i ka ／ なのか 7日 na no ka ／ ようか 8日 yo u ka

ここのか 9日 ko ko no ka ／ とおか 10日 to o ka ／ じゅういちにち 11日 ju u i chi ni chi ／ じゅうよっか 14日 ju u yo kka

はつか 20日 ha tsu ka ／ にじゅうよっか 24日 ni ju u yo kka ／ さんじゅうにち 30日 san ju u ni chi ／ さんじゅういちにち 31日 san ju u i chi ni chi

会話例1

A：いつですか？
什麼時候呢？

しがつ じゅうはちにち
B：4月18日です。
4月18號。

会話例2

たいわん かえ
A：いつ台湾に帰りますか？
您什麼時候回台灣呢？

はちがつ とおか
B：8月10日です。
8月10號。

⑥ 曜日・その他 （星期／其他）

げつ よう び 月曜日 ge tsu you bi	星期一	か よう び 火曜日 ka you bi	星期二
すい よう び 水曜日 su i you bi	星期三	もく よう び 木曜日 mo ku you bi	星期四
きん よう び 金曜日 kin you bi	星期五	ど よう び 土曜日 do you bi	星期六
にち よう び 日曜日 ni chi you bi	星期日	なん よう び 何曜日 nan you bi	星期幾

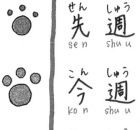

せん しゅう
先週　上週
sen shu u

こん しゅう
今週　這週
kon shu u

らい しゅう
来週　下週
rai shu u

せん げつ
先月　上個月
sen ge tsu

こん げつ
今月　這個月
kon ge tsu

らい げつ
来月　下個月
rai ge tsu

きょ ねん
去年
kyo ne n

こ とし
今年
ko to shi

らい ねん
来年　明年
rai ne n

おととい　　きのう　　きょう
おととい　昨日　今日
o to to i　　ki no u　　kyo u
前天　　昨天　　今天

あした
明天 明日　あさって
a shi ta　　　　a sa tte　後天

まい にち　　　　まい しゅう
毎日　　　毎週
mai ni chi　　　mai shu u

まい つき　　　　まい とし
毎月　　　毎年
mai tsu ki　　　mai to shi

🐾 会話例1

A: きょう なんようび
今日 何曜日 ですか？　今天是星期幾呢？

B: にち よう び
日曜日 です。　是星期天。

🐾 会話例2

A: にほん き
いつ 日本 に 来ましたか？　你是什麼時候來到日本的呢？

B: せんしゅう ど ようび
先週の 土曜日 です。　是上星期六。

□□□□□ かかりますか？ 花～（時間）？
　　　　ka ka ri ma su ka

○小時

いちじかん	にじかん	さんじかん
1時間	**2時間**	**3時間**
i chi ji kan	ni ji kan	san ji kan
1小時		

ごじかん	じゅうじかん	なんじかん
5時間	**10時間**	**何時間**
go ji kan	juu ji kan	nan ji kan
		幾個小時

○分

いっぷん	ごふん	じゅっぷん
1分	**5分**	**10分**
i ppun	go fun	ju ppun
1分		

にじゅっぷん	さんじゅっぷん	なんぷん
20分	**30分**	**何分**
ni ju ppun	san ju ppun	nan pun
		幾分

○天

いちにち	ふつか	みっか
1日	**2日**	**3日**
i chi ni chi	fu tsu ka	mi kka
1天		

いつか	なのか	なんにち
5日	**7日**	**何日**
i tsu ka	na no ka	nan ni chi
		幾天

○禮拜

いっしゅうかん	にしゅうかん
1週間	**2週間**
i sshuu kan	ni shuu kan
1個星期	2個星期

さんしゅうかん	なんしゅうかん
3週間	**何週間**
san shuu kan	nan shuu kan
3個星期	幾個星期

○個月

いっかげつ	にかげつ
1ケ月	**2ケ月**
i kka ge tsu	ni ka ge tsu
1個月	

さんかげつ	なんかげつ
3ケ月	**何ケ月**
san ka ge tsu	nan ka ge tsu
	幾個月

○年

いちねん	にねん
1年	**2年**
i chi ne n	ni ne n

さんねん	なんねん
3年	**何年**
san ne n	nan ne n
	幾年

🐾**会話例**

A: どのくらいですか？ 大概要多久呢？
　do no ku ra i de su ka

B: いっしゅうかん
　1週間かかります。 要花一個星期。
　i sshuu kan ka ka ri ma su

🐾 「0分、0日、0ケ月、0年」（幾分、幾天、幾月、幾年）後也可以加「・・・間」使用。

コラム 「……ケ月」（幾個月）的表記方法除了「……ケ月」之外，還有「……か月」「……カ月」「……箇月」等。

⑧ 日本の休日 （日本的國定假日）

1月1日 元旦 元旦

1月第2月曜日 成人の日 成人日
1月的第二個星期一

2月11日 建国記念日 建國紀念日

3月21日 春分の日 春分

4月29日 みどりの日 綠之日

5月3日 憲法記念日

5月4日 国民の休日 國民休假日

5月5日 こどもの日 兒童節

7月第3月曜日 海の日 海之日
7月的第三個星期一

9月第3月曜日 敬老の日 敬老日
9月的第三個星期一

9月23日 秋分の日 秋分

10月第2月曜日 体育の日 體育節
10月的第二個星期一

11月3日 文化の日 文化節

11月23日 勤労感謝の日 勞工感恩節

12月23日 天皇誕生日 天皇誕辰紀念日

從西元2007年開始4月29日改為「昭和の日」（昭和之日）；
5月4日則為「みどりの日」（綠之日）。2016年增定8月11日為「山の日」。

春天 春 暖かい 溫暖的
ha ru a ta ta ka i

桜・お花見 櫻花／賞花
sa ku ra ha na mi

ホワイトデー（3月14日）白色情人節
ho wa i to de e

ゴールデンウィーク（4月末～5月頭）
go o ru de n u i i ku
黃金週 （4月末～5月初）

夏天 夏 暑い 炎熱的
na tsu a tsu i

花火 煙火
ha na bi

夏祭り 夏之祭典
na tsu ma tsu ri

お盆休み（8月15日前後）
bo n ya su
盂蘭盆節（中元節）8月15日前後

秋天 秋 涼しい 涼爽的
a ki su zu shi i

紅葉 楓葉
kou you (もみじ)

紅葉狩り 賞楓
mo mi ji ga

冬天 冬 寒い 寒冷的
fu yu sa mu i

雪・スキー 雪／滑雪
yu ki su ki i

クリスマス（12月24日～25日）聖誕節
ku ri su ma su

お正月（12月末～1月7日くらい）
shou gatsu
元旦新年（從12月底到1月7號左右）

バレンタインデー（2月14日）情人節
ba re n ta i n de e

 季節の会話（季節會話） 05

日本四季有許多的活動，我們來看看可以說什麼日文呢？

お花見してる人、多いですね。
好多人在賞花。

桜の下でお弁当を食べるのはおいしいですよね。
在櫻花樹下吃起便當真美味。

花火キレイですね〜！
煙火好漂亮。

ここのスポットが一番ですね！
這個點看煙火最棒！

紅葉がキレイですね〜！
秋天的楓葉好美！

紅葉狩りに行きましょうか。
我們去賞楓吧！

スノーボード、楽しそうですね。
滑雪板好像很好玩！

スキー、お上手ですね。
你滑得真好。

どうして今日は休みなんですか？

今天為什麼放假？

「海の日」だからですよ。

因為是「海の日」。

着物の人が多いですね～。

好多人穿和服。

今日は「成人式」ですから。

因為今天是「成人の日」。

日本のクリスマスはお休みなんですか？聖誕節日本有放假嗎？

休みじゃないですよ…。
年末まで仕事です。

沒有，要上班到過年。

おはよう。 早安。
o ha yo u

こんにちは。 午安；你好。
ko n ni chi wa

こんばんは。 晩安。
ko n ba n wa

お元気ですか。 你好嗎？
o gen ki de su ka

お久しぶりです。 好久不見。
o hi sa shi bu ri de su

ありがとう。 謝謝。
a ri ga to u

どういたしまして。 不客氣。
do u i ta shi ma shi te

ごめんなさい。 對不起。
go me n na sa i

さようなら。 再見。
sa yo u na ra

お元気で。 請保重。
o gen ki de

失礼します。 打擾了/先告辭了。
shi tsu re i shi ma su

よくわかりません。 不太清楚。
yo ku wa ka ri ma se n

お気をつけて。 請小心。
o ki o tsu ke te

日本語が話せません。 不會說日文。
ni hon go ga ha na se ma se n

すみません。 對不起。
su mi ma se n

「すみません」有三種用法：

① 招喚　例　すみません、いくらですか。（不好意思，這多少錢？）

② 道歉　例　（撞到別人）すみません。（對不起。）

③ 感謝　例　（受別人幫忙）すみません。（真是不好意思，謝謝您。）

⑩ あいさつ2（招呼語2）

		ください。 ku da sa i	請～（做某種動作）。

	書いて ka i te　請寫。		ゆっくり話して yu kku ri ha na shi te　請慢慢的說。
	もう一度言って mo u ichi do i tte　請再說一次。		ちょっと待って cho tto ma tte　請稍等一下。
	連絡して re n ra ku shi te　請和我連絡。		教えて o shi e te　請教我。請告訴我。
	手伝って te tsu da tte　請幫我。		遠慮しないで en ryo shi na i de　請不要客氣。

🐾 請將上方語詞套入頁首句型。

会話例

A：お元気ですか？ 你好嗎？ B：はい、元気です。 是的，我很好。	A：いってきます。 我出門了。 B：お気をつけて。 請小心。（請慢走。）
A：漢字を書いてください。 請寫漢字。 B：いいですよ。 好的。	A：ありがとう。 謝謝。 B：どういたしまして。 不客氣。

_____ をください。 請給我〜。
o ku da sa i

	水 みず mi zu 水		ハンバーグ はんばあぐ ha n ba－gu	漢堡排
	お茶（緑茶） ちゃ りょくちゃ o cha ryo ku cha 茶（綠茶）		カレー かれえ ka re－	咖哩
	コーヒー こおひい ko－hi－	咖啡		日本食 にほんしょく ni ho n sho ku	日式料理
	オレンジジュース おれんじじゅうす o re n ji ju－su 柳橙汁		中華 ちゅうか chu u ka	中華料理
	りんごジュース りんごじゅうす ri n go ju－su 蘋果汁		鶏肉（チキン） とりにく ちきん to ri ni ku chi ki n	雞肉
	赤・白ワイン あか しろ わいん a ka shi ro wa i n 紅／白葡萄酒		牛肉（ビーフ） ぎゅうにく びいふ gyu u ni ku bi－fu	牛肉
	紅茶 こう ちゃ ko u cha	紅茶		豚肉（ポーク） ぶた にく ぽおく bu ta ni ku po－ku	豬肉
	コーラ／ソーダ こおら そおだ ko－ra so－da 可樂／汽水；蘇打水		魚 さかな sa ka na	魚
	ビール びいる bi－ru	啤酒		ベジタリアン機内食 べじたりあんきないしょく be ji ta ri a n ki nai sho ku 機上素食料理

請將上方單字套入頁首的句型。

Part 3 機艙、機場

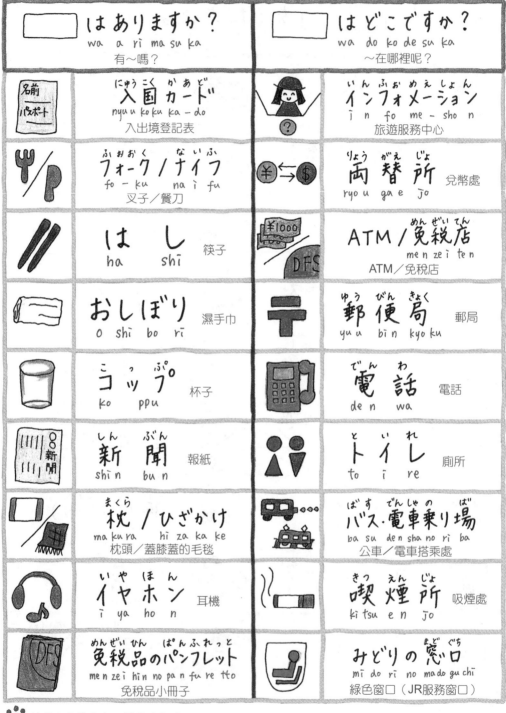

□ はありますか？ wa a ri ma su ka 有～嗎？	□ はどこですか？ wa do ko de su ka ～在哪裡呢？
にゅうこく か あ ど 入国カード nyuu ko ku ka－do 入出境登記表	いん ふ ぉ め え しょん インフォメーション in fo me － sho n 旅遊服務中心
ふ ぉ お く ／ な い ふ フォーク／ナイフ fo － ku na i fu 叉子／餐刀	りょう が え じょ 両 替 所 兌幣處 ryo u ga e jo
は　　し 筷子 ha shi	¥1000 DFS ATM／免税店 めん ぜい てん ATM／免税店 me n ze i ten
おしぼり 濕手巾 o shi bo ri	ゆう びん きょく 郵 便 局 郵局 yu u bi n kyo ku
こ っ ぷ コップ 杯子 ko ppu	でん わ 電 話 電話 de n wa
しん ぶん 新 聞 報紙 shi n bu n	と い れ トイレ 廁所 to i re
まくら 枕／ひざかけ ma ku ra hi za ka ke 枕頭／蓋膝蓋的毛毯	ば す でん しゃの ば バス・電車乗り場 ba su den sha no ri ba 公車／電車搭乘處
い や ほん イヤホン 耳機 i ya ho n	きっ えん じょ 喫 煙 所 吸煙處 ki tsu en jo
めん ぜい ひん ぱん ふ れっと 免税品のパンフレット me n zei hi n no pa n fu re tto 免税品小冊子	みどりの窓口 まど ぐち mi do ri no mado gu chi 綠色窗口（JR服務窗口）

🐾 請將上方單字套入頁首的句型。

 WiFi

到日本旅遊，許多人會租用網路分享器，
我們來學學這些新事物的相關説法吧！

インターネットがつながりますか？

可以上網嗎？

テザリングできますか？

可以網路共享嗎？

ここは WiFi がありますか？

這裡有 WiFi 嗎？

WiFi のパスワードは何ですか？
　　　　　　　　　　　なん

Wi-Fi 的密碼是？

WiFi ルーターをレンタルしたいです。

我想租上網分享器。

1週間のレンタル料金はいくらになりま
　しゅうかん　　　　　　りょうきん
すか？ 一個禮拜費用多少？

何台まで同時に利用できますか。
なんだい　どうじ　　りよう

最多可以同時分享幾台（手機）？

郊外や山間部などでも利用できますか。
こうがい　さんかんぶ　　　　りよう

郊外山區也可以連嗎？

 両替の言葉（換錢用語）10

在機場或銀行換日幣，或是在超商換零錢，該怎麼説呢？

日本円（にほんえん）に両替（りょうがえ）してください。

我想換日幣。

今日（きょう）のレートはどのくらいですか？

今天匯率多少？

5000円（えん）と1000円（えん）にしてください。

我要換5000跟1000的。

500円玉（えんたま）にしてください。

我要換500的硬幣。

10000円分（えんぶん）お願（ねが）いします。

我要換一萬日圓。

手数料（てすうりょう）はおいくらですか？

手續費多少？

両替（りょうがえ）をお願（ねが）いします。

我要換錢（零錢）。

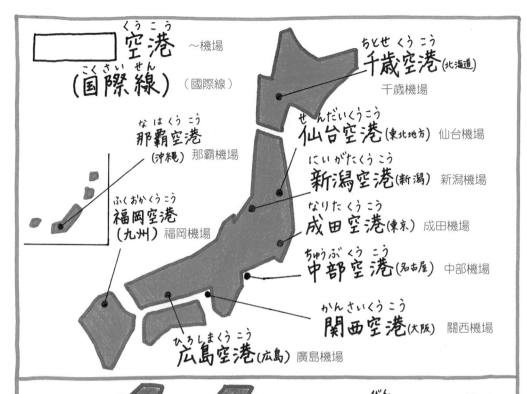

□□□ 空港（くうこう） ～機場
（国際線）（こくさいせん） （國際線）

千歳空港（ちとせくうこう）(北海道) 千歳機場

那覇空港（なはくうこう）(沖縄) 那霸機場

仙台空港（せんだいくうこう）(東北地方) 仙台機場

新潟空港（にいがたくうこう）(新潟) 新潟機場

福岡空港（ふくおかくうこう）(九州) 福岡機場

成田空港（なりたくうこう）(東京) 成田機場

中部空港（ちゅうぶくうこう）(名古屋) 中部機場

関西空港（かんさいくうこう）(大阪) 關西機場

広島空港（ひろしまくうこう）(広島) 廣島機場

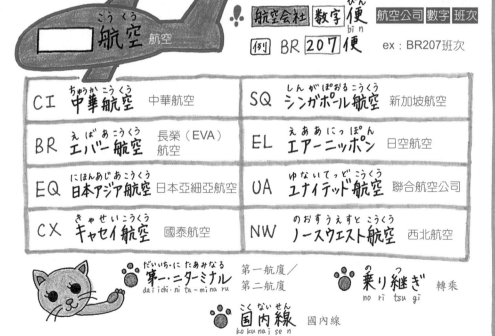

□□□ 航空（こうくう） 航空

航空会社 数字 便（びん）　航空公司 數字 班次
例 BR 207 便　ex：BR207班次

CI 中華航空（ちゅうかこうくう） 中華航空	SQ シンガポール航空（しんがぽおるこうくう） 新加坡航空
BR エバー航空（えばあこうくう） 長榮（EVA）航空	EL エアーニッポン（えああにっぽん） 日空航空
EQ 日本アジア航空（にほんあじあこうくう） 日本亞細亞航空	UA ユナイテッド航空（ゆないてっどこうくう） 聯合航空公司
CX キャセイ航空（きゃせいこうくう） 國泰航空	NW ノースウエスト航空（のおすうえすとこうくう） 西北航空

第一・二ターミナル（だいいち・にたあみなる）daiichi・ni ta-mina ru 第一航廈／第二航廈

国内線（こくないせん）ko ku nai se n 國內線

乗り継ぎ（のりつぎ）no ri tsu gi 轉乘

Part
3
機内、機場

チケットとパスポートをお願いします。
chi ke tto to pa su po-to o o ne ga i shi ma su
請給我您的機票和護照。

座席は窓側ですか？通路側ですか？
za se ki wa ma do ga wa de su ka　tsu u ro ga wa de su ka
請問您的座位是要靠窗還是靠走道呢？

通路側でお願いします。
tsu u ro ga wa de o ne ga i shi ma su
麻煩給我靠走道的。

お荷物にこわれ物等はありますか？
o ni mo tsu ni ko wa re mo no na do wa a ri ma su ka?
請問行李裡有易碎物品嗎？

はい、あります。これです。
ha i　a ri ma su　ko re de su
是的，有。就是這個。

中身は何でしょうか？
na ka mi wa nan de sho u ka
這裡面是什麼呢？

薬のビンが入っています。
ku su ri no bi n ga ha i tte i ma su
裡面放有藥瓶。

20kgを超過しているので、追加料金が発生しますが、よろしいでしょうか？
ki ro o chou ka shi te i ru no de tsui ka ryou kin ga has sei shi ma su ga yo ro shi i de shou ka
由於您的行李超過20公斤，所以必須加收運費，可以嗎？

はい、かまいません。
ha i　ka ma i ma se n
好的，沒關係。

こちら搭乗券になります。ありがとうございました。
ko chi ra tou jou ken ni na ri ma su　a ri ga to u go za i ma shi ta
這是你的登機證。謝謝。

ありがとうございました。
a ri ga to u go za i ma shi ta
謝謝。

JALのカウンターはどこですか？
no ka u n ta- wa do ko de su ka
請問JAL的服務櫃檯在哪裡呢？

あちらです。
a chi ra de su
在那邊。

＊紅字部分可替換其他航空公司的名字。

A：どこへ行きたいですか？
do ko e i ki ta i de su ka
你想去哪裡呢？

B：□ に行きたいです。
ni i ki ta i de su
我想去～。

□ に乗ります。
ni no ri ma su
搭乘～。

池袋
i ke bu ku ro
池袋

渋谷
shi bu ya
澀谷

新宿
shin ju ku
新宿

品川
shi na ga wa
品川

東京
tou kyou
東京

電車
den sha
電車

札幌市内
sa ppo ro shi nai
札幌市區

地下鉄
chi ka te tsu
地下鐵

仙台市内
sen dai shi nai
仙台市區

バス
ba su
公車

名古屋市内
na go ya shi nai
名古屋市區

タクシー
ta ku shi i
計程車

大阪市内
oo sa ka shi nai
大阪市區

船
fu ne
船

広島市内
hi ro shi ma shi nai
廣島市區

飛行機
hi kou ki
飛機

福岡市内
fu ku o ka shi nai
福岡市區

新幹線
shin kan sen
新幹線

那覇市内
na ha shi nai
那霸市區

路面電車
ro men den sha
路面電車

人力車
jin riki sha
人力車

□ はどこですか？
wa do ko de su ka
～在哪裡呢？

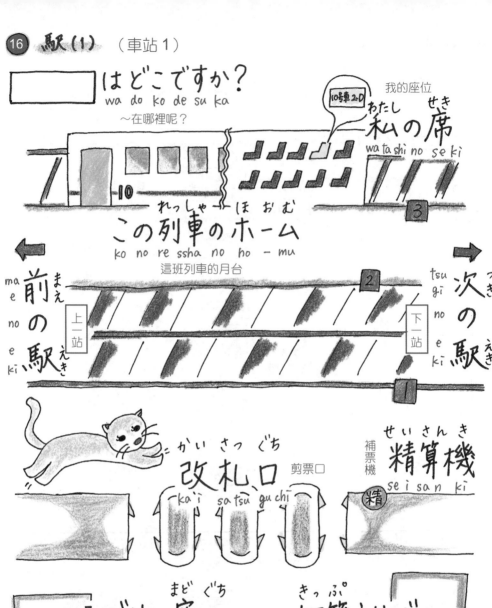

我的座位
10号車2のD
わたし
私の席
wa ta shi no se ki

れっしゃー ほ おむ
この列車のホーム
ko no re ssha no ho - mu
這班列車的月台

まえ
前の駅
ma e no e ki
上一站

つぎ
次の駅
tsu gi no e ki
下一站

こ かい さっ ぐち
改札口
ka i sa tsu gu chi
剪票口

せい さん き
補票機 精算機
sei san ki
精

まど ぐち
みどりの窓口
mi do ri no ma do gu chi
綠色窗口（JR服務窗口）

きっぷ
切符うりば
ki ppu u ri ba
賣票處

きっぷ はん ばい き
切符販売機
ki ppu han bai ki
自動販票機

あんないじょ
案内所
an nai jo
詢問處

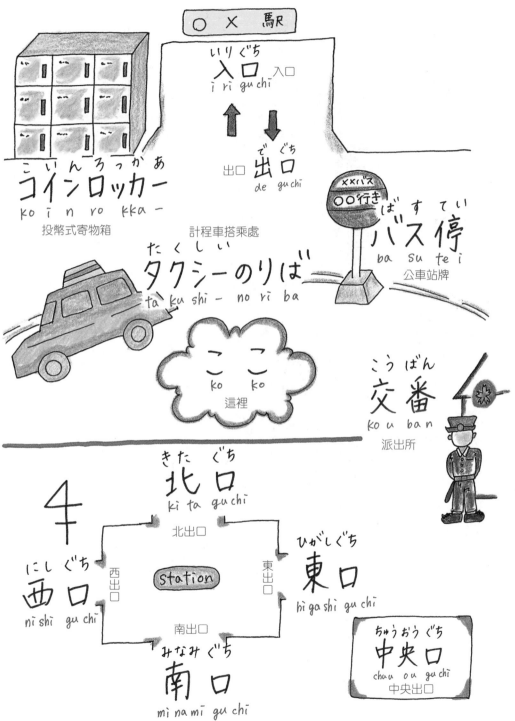

○×駅

いりぐち
入口 入口
i ri gu chi

で ぐち
出口 出口
de gu chi

こいんろっかあ
コインロッカー
ko i n ro kka -
投幣式寄物箱

計程車搭乗處

ば す てい
バス停
ba su te i
公車站牌

Part 4 交通

たくしい
タクシーのりば
ta ku shi - no ri ba

ここ
ko ko
這裡

こう ばん
交番
ko u ban
派出所

きた ぐち
北口
ki ta gu chi
北出口

にし ぐち
西口
ni shi gu chi
西出口

station

東出口

ひがしぐち
東口
hi ga shi gu chi

南出口

みなみ ぐち
南口
mi na mi gu chi

ちゅうおうぐち
中央口
chuu ou gu chi
中央出口

21

切符を買う（買車票）

| 新大阪 | 行きの | 往復切符 | を | 3枚 | ください。 | 請給我三張去新大阪的來回票。 |

しん おお さか　　い　　　おう ふく きっ ぷ　　さん まい
shin oo sa ka　i ki no　ou fu ku ki ppu　o　san mai　ku da sa i

函館 はこだて ha ko da te 函館	切符・チケット きっぷ ちけっと ki ppu chi ke tto 票	1枚 いち まい i chi mai 1張
札幌 さっ ぽ ろ sa ppo ro 札幌	周遊券 しゅう ゆう けん shuu yuu ke n 周遊券	2枚 に まい ni mai 2張
仙台 せん だい se n dai 仙台	1日券 いち にち けん i chi ni chi ke n 1日券	3枚 さん まい San mai 3張
東京 とう きょう to u kyo u 東京	片道切符 かた みち きっ ぷ ka ta mi chi ki ppu 單程票	4枚 よん まい yo n mai 4張
品川 しな がわ shi na ga wa 品川	往復切符 おう ふく きっ ぷ ou fu ku ki ppu 來回票	5枚 ご まい go mai 5張
新横浜 しん よこ はま shi n yo ko ha ma 新横濱	寝台車 しん だい しゃ shi n dai sha 臥舖車	6枚 ろく まい yo ku mai 6張
熱海 あ た み a ta mi 熱海	急行列車 きゅう こう れっ しゃ kyuu kou re ssha 急行列車	7枚 なな まい na na mai 7張
新潟 にい がた ni i ga ta 新潟	特急列車 とっ きゅう れっ しゃ to kkyuu re ssha 特急列車	8枚 はち まい ha chi mai 8張
京都 きょう と kyo u to 京都	普通列車 ※ ふ つう れっ しゃ fu tsuu re ssha 普通列車	9枚 きゅう まい kyu u mai 9張
新神戸 しん こう べ shi n kou be 新神戶	自由席 じ ゆう せき ji yuu se ki 自由席（沒劃位）	10枚 じゅう まい ju u mai 10張
広島 ひろ しま hi ro shi ma 廣島	指定席 してい せき shi te i se ki 指定席（劃位）	大人1枚 おとな いち まい o to na i chi mai 大人1張
博多 は か た ha ka ta 博多	グリーン席 ぐ り ー ん せき gu ri - n se ki 豪華座	子供2枚 こども に まい ko do mo ni mai 小孩2張
那覇 な は na ha 那霸		

※ 普通列車是「各駅停車」（かくえき ていしゃ）（每站都停）的哦！

🐾 綠色框內的單字套入頁首綠色框內，藍色框內單字套入頁首藍色框內；灰色框內單字套入頁首灰色框內。

JR PASS	JR パス pa su JR周遊券	満/空 満席 / 空席 man se ki　ku u se ki 客滿／有空位
特急 成田→輕 1500	特急券 / 乗車券 （注1） to kkyu u ken　jou sha ken 特急券／乘車券	渋滞 ju u　ta i 塞車
↑↓	上り / 下り no bo ri　ku da ri 上行車／下行車	周辺地図 地図 chi　zu 地圖
✎✗	予約 / キャンセル yo ya ku　kya n se ru 預約／取消	JR時刻表 時刻表 ji ko ku hyo u 時刻表
大阪	払い戻し 退錢 ha ra i mo do shi	禁煙席 禁煙座位 kin　en　se ki
	おとな 大人 o to na	喫煙席 抽煙座位 ki tsu en　se ki
	こども 小孩 ko do mo	乗り換え 換車 no ri ka e
②号車	2 号車 （注2） go u　sha 2號車（廂）	始発 / 終電 shi ha tsu　shu u den 頭班車／末班車
3 山手線 12:00 YAMA	1番線 / 2番ホーム / 3番のりば （注2） ban sen　　ban ho - mu　　ban no ri ba 1號線／2號月台／3號乘車處	

（注1）「乘車券」是依距離來付費的票，「特急券」是依速度來付費的票。
　　　坐新幹線時兩種票都需要，所以不能丟掉喔！
（注2）紅字部分可放入適當的數字。

🐾 終點站往起始站方向行駛的（列車）就是「上り」（上行車），一般指朝首都東京的班車。
　起始站往終點站方向行駛的（列車）就是「下り」（下行車），一般指朝與東京相反方向的班車。

Part
4
交
通

20 電車に乗る （坐電車）

席はありますか？
se ki wa a ri ma su ka
請問還有位子嗎？

もっと（早い・遅い）のはありますか？
mo tto ha ya i o so i no wa a ri ma su ka
還有（再早一點／晚一點的）車嗎？

何時に出発しますか？
nan ji ni shu ppa tsu shi ma su ka
幾點發車呢？

何時に着きますか？
nan ji ni tsu ki ma su ka
幾點到呢？

次は何時ですか？
tsu gi wa nan ji de su ka
下一班車是幾點呢？

山梨はどうやって行きますか？
wa do u ya tte i ki ma su ka
請問山梨要如何去呢？

🐾 紅字部分可替換適當的地名。

電車に乗り遅れました。
den sha ni no ri o ku re ma shi ta
沒趕上電車。

切符の払い戻しはどこでできますか？
ki ppu no ha ra i mo do shi wa do ko de de ki ma su ka
哪裡可以退車票錢呢？

間違った切符を買ってしまいました。
ma chi ga tta ki ppu o ka tte shi ma i ma shi ta
買錯車票了。

切符をなくしました。
ki ppu o na ku shi ma shi ta
車票掉了。

東京←大阪
○○○ 12:00

Part 4 交通

 JR Pass

JR Pass 是到日本遊玩的利器，我們來學學相關用語吧！

JR Pass の引き換え所はどこですか？

JR Pass 在哪裡換票？

JR Pass を予約したんですが。

我有訂了 JR Pass 的票。

パスポートと予約番号をご提示ください。

請出示護照及訂位代碼。

ここで席を予約できますか。

這裡可以劃位嗎？

この電車は JR Pass が適用されますか？

這號電車適用 JR Pass 嗎？

JR Pass を使って電車で仙台に行きます。

我要利用 JR Pass 搭車到仙台。

搭車時，該怎麼劃到自己心目中理想的位子呢？
下面的用法一定要學起來喔！

してい せき
指定席にしたいんですが。

我要指定席。

じゆうせき
自由席でいいです。

自由座就可以。

まどがわ つうろがわ　　　せき　ねが
窓側（通路側）の席をお願いします。

我要靠窗／靠走道位子。

まえ　うし　　　ほう　しゃりょう
前（後ろ）の方の車両がいいです。

我要前面車廂／後面車廂。

しゃりょう　まえがわ　うし　がわ　ざせき　ねが
（車両）前側／後ろ側の座席をお願いします。

我要車廂靠前面／後面的位子。

ちか　しゃりょう
トイレが近い車両にしてください。

我要靠廁所的車廂。

いちばんまえ　しゃりょう
一番前の車両にしてください。

我要最前面車廂。

タクシーに乗る　搭計程車。

赤坂ホテルまでお願いします。
a ka sa ka ho te ru ma de o ne ga i shi ma su
麻煩到赤坂飯店。

（ここ・あそこ）でいいです。
ko ko　a so ko de i i de su
在（這裡／那裡）讓我下車。

いくらぐらいですか？
i ku ra gu ra i de su ka
大概多少錢？

どのくらいですか？
do no ku ra i de su ka
大概要多久？

すみません、急いでください。
su mi ma se n i so i de ku da sa i
對不起，麻煩開快一點。

すみません、時間がありません。
su mi ma se n ji ka n ga a ri ma se n
對不起，我趕時間。

バスに乗る　搭公車。

（ここ・あそこ）で降ります。
ko ko　a so ko de o ri ma su
我要在（這裡／那裡）下車。

降ります！
o ri ma su
我要下車。

自由が丘へ着いたら教えてください。
ji yu u ga o ka e tsu i ta ra o shi e te ku da sa i
自由之丘到了的話請告訴我。

渋谷はまだですか？
shi bu ya wa ma da de su ka
澀谷還沒到嗎？

まだです。／もう過ぎました。
ma da de su　mo u su gi ma shi ta
還沒（到）／已經過了。

梅田へ行きますか？
u me da e i ki ma su ka
（這班公車）有去梅田嗎？

整理券 3

＊ 紅字部分可替換適當的地名。　　 搭乘交通工具可參考附錄。

□ お願いします。 o ne ga i shi ma su 我要（做）～／請給我～。	□ は何階ですか？ wa nan gai de su ka ～是在幾樓呢？
チェックイン che kku i n 辦理住宿（check in）	レストラン re su to ra n 餐廳
チェックアウト che kku a u to 退房（check out）	バー ba ー 酒吧
名前／住所 na mae Juu sho 姓名／住址	プール pu ー ru 游泳池
サイン sa i n 簽名	フィットネス fi tto ne su 健身房
パスポート pa su po ー to 護照	フロント fu ro n to 櫃檯
朝食券／領収書 chou shoku ken ryou shuu sho 早餐券／收據	売店 bai te n 販賣部
ランドリーサービス ran do ri ー sa ー bi su 洗衣服務	喫茶店 ki ssa te n 咖啡店；茶館
モーニングコール mo ー ni ngu ko ー ru Morning Call	コインランドリー ko i n ran do ri ー 投幣式自動洗衣店
ルームサービス ru ー mu sa ー bi su 客房服務	自動販売機 Ji dou han bai ki 自動販賣機

新しい□に換えてください。 a ta ra shi i　ni ka e te ku da sa i 請幫我更換新的〜。		おすすめの□はありますか？ o su su me no　wa a ri ma su ka 有沒有特別推薦的〜呢？	
	布団／枕 fu to n　ma ku ra 棉被／枕頭		名所 me i sho　名勝
	毛布 mo u　fu　毛毯		夜景 ya ke i　夜景
	シーツ shi ー tsu　床單		レストラン re su to ra n　餐廳
	タオル ta o ru　毛巾		和食／洋食 wa sho ku yo u sho ku 日式料理／西餐
	シャンプー・リンス sha n pu ー ri n su 洗髮精／潤髮乳		居酒屋 i za ka ya　居酒屋
	ボディシャンプー bo dhi sha n pu ー 沐浴乳		ラーメン屋 ra ー me n ya　拉麵店
	石けん se kke n　肥皂		すし屋 su shi ya　壽司店
	浴衣 yu ka ta　浴衣 （單件式和服）		カフェ ka fe　咖啡（店）
	部屋 he ya　房間		おみやげ o mi ya ge 土産；禮物

Part 5 飯店

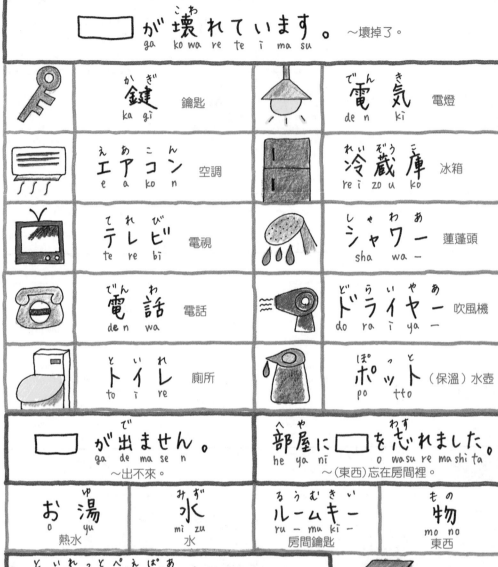

□ が 壊れています。
ga ko wa re te i ma su
～壊掉了。

鍵 鑰匙 ka gi		電気 電燈 de n ki	
エアコン 空調 e a ko n		冷蔵庫 冰箱 rei zo u ko	
テレビ 電視 te re bi		シャワー 蓮蓬頭 sha wa -	
電話 電話 de n wa		ドライヤー 吹風機 do ra i ya -	
トイレ 廁所 to i re		ポット （保溫）水壺 po tto	

□ が 出ません。 ga de ma se n ～出不來。	部屋に □ を 忘れました。 he ya ni　　　o wasu re ma shi ta ～(東西)忘在房間裡。

お湯 o yu 熱水	水 mi zu 水	ルームキー ru - mu ki - 房間鑰匙	物 mo no 東西

トイレットペーパーが ありません。
to i re tto pe - pa - ga a ri ma se n
沒有廁所紙。

隣の部屋が うるさいです。
to na ri no he ya ga u ru sa i de su
隔壁房間太吵了。

浴室 よくしつ yo ku shi tsu 浴室	お風呂 おふろ o fu ro 澡堂
ベッド べっど be ddo 床	露天風呂 ろてんぶろ ro ten bu ro 露天澡堂
地図 ちず chi zu 地圖	温泉 おんせん o n se n 溫泉
国際電話 こくさいでんわ ko ku sai den wa 國際電話	混浴 こんよく ko n yo ku （男女）混合浴
テレホンカード てれほんかあど te re ho n ka－do 電話卡	男湯／女湯 おとこゆ／おんなゆ o to ko yu / o n na yu 男湯／女湯
税金 ぜいきん ze i ki n 税金	満室／空室 まんしつ／くうしつ ma n shi tsu / ku u shi tsu 客滿／空房間
非常口 ひじょうぐち hi jo u gu chi 緊急出口；安全門	和室／洋室 わしつ／ようしつ wa shi tsu / yo u shi tsu 日式房間／西式房間
AM 8 朝食 ちょうしょく cho u sho ku 早餐	ホテル ほてる ho te ru 飯店（西式）
PM12 昼食（ランチ）ちゅうしょく／らんち chu u sho ku ya n chi 午餐	旅館 りょかん ryo ka n 旅館（日式）
PM 8 夕食（ディナー）ゆうしょく／でぃいなあ yu u sho ku dhi na－ 晚餐	民宿 みんしゅく mi n shu ku 民宿

Part 5 飯店

ホテルを探しています。
ho te ru o sa ga shi te i ma su
我要找飯店。

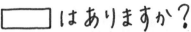 はありますか？
wa a ri ma su ka
（請問）有～嗎？

10日から14日まで泊まるつもりです。
ka ra ma de to ma ru tsu mo ri de su
打算從10號投宿到14號。

今日、部屋 今日、房間
kyo u he ya
（請問今天有空房嗎？）

一泊いくらですか？
i ppa ku i ku ra de su ka
住一晚要多少錢？

もう少し安い部屋
mo u su ko shi ya su i he ya
再便宜一點的房間。

もう一泊お願いします。
mo u i ppa ku o ne ga i shi ma su
我要加宿一晚。

シングル
shi n gu ru
單人床（房間）

朝食・夕食はついていますか？
cho u sho ku yu u sho ku wa tsu i te i ma su ka
有附早餐／晚餐嗎？

ダブル
da bu ru
雙人床（房間）

台湾で予約しました。
ta i wan de yo ya ku shi ma shi ta
在台灣預約了。

セミダブル
se mi da bu ru
比雙人床再小一點的床（房間）

3泊4日
san pa ku yo kka
4天3夜

ツイン
tsu i n
兩張單人床（房間）

🐾 日文的說法和中文相反。
紅字部分可替換適當的數字。

子供用のベッド
ko do mo yo u no be ddo
兒童床

ニャー

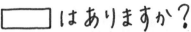 を預けたいです。
o a zu ke ta i de su
我想寄放～。

🐾 素泊まり：僅住宿不附餐點。

貴重品
ki chou hin
貴重物品

荷物
ni mo tsu
行李

Part 5 飯店

コラム ホテルに要望（飯店要求）

飯店房間的進階要求用法，
學會了可以更明確地表達出自己的需求喔！

～ はありますか。

（請問）有什麼嗎？

3人部屋
三人房

4人部屋
四人房

 喫煙ルーム
吸菸房

禁煙ルーム
禁菸房

 コネクティングルーム
連通房

ベービーベッド
嬰兒床

 山側／海側の部屋
面山／面海房

駅までの送迎
到車站接送

キャンセル料がかかりますか。

會產生取消費用嗎？

33

コラム 追加の要望（追加需求）㉑

像是「加床」之類的一些特別的住宿要求，日文該怎麼說呢？

子供料金
（こどもりょうきん）
（孩童費用）

添い寝料金
（そいねりょうきん）
（孩童同床費用）

　　　　～　　は　できますか。

請問可以～？

アーリーチェックイン
提早辦理住房

レイトチェックイン
延後辦理住房

子供と添い寝
（こども　そいね）
大人小孩同房共床

エキストラベッドはありますか？

請問可以加床嗎？

大人2名と、小学生以下の子どもが1名です。
（おとな　めい　しょうがくせいいか　こ　めい）

兩個大人，一個小學以下小孩。

部屋を禁煙ルームに変更してもらえますか？
（へや　きんえん　へんこう）可以將房間換成非吸菸房嗎？

チェックイン前に荷物を預かってもらえますか？
（まえ　にもつ　あず）

Check-in 前可以先寄放行李嗎？

この 近(ちか)くに ☐ はありますか？
ko no chi ka ku ni　　　wa a ri ma su ka
這附近有～嗎？

薬局(やっきょく)／薬屋(くすりや)　藥局／藥店
ya kkyo ku　ku su ri ya

本屋(ほんや)　書店
hon ya

ドラッグストア
do ra ggu su to a
藥妝店（類似「康是美」）

コスメショップ
ko su me sho ppu
化妝品香水店（類似「SASA」）

ＣＤ屋(しいでぃや)
shi - dhi ya
唱片行

デパート　百貨公司
de pa - to

靴屋(くつや)
ku tsu ya
鞋店

ショッピングモール
sho ppi n gu mo - ru
購物中心

文房具屋(ぶんぼうぐや)
ban bou gu ya
文具店

スーパー
su - pa -
超級市場

服屋(ふくや)
fu ku ya
服飾店

コンビニ
kon bi ni
便利商店

映画館(えいがかん)
ei ga kan
電影院

おみやげ物屋(ものや)　禮品店
o mi ya ge mo no ya

旅行社(りょこうしゃ)
ryo ko u sha
旅行社

民芸品店(みんげいひんてん)
min gei hin ten
民俗藝品店

銀行(ぎんこう)
gin ko u
銀行

ドラッグストア：
　主要商品偏藥品。
コスメショップ：
　主要商品偏化妝品。

いらっしゃいませ。 歓迎光臨。
i ra ssha i ma se

すみません。 對不起。（叫人的時候用）
su mi ma se n

（これ・他のもの）を見せてください。 請讓我看（這個／其他的東西）。
ko re ho ka no mo no o mi se te ku da sa i

これください。 請給我這個。
ko re ku da sa i

見ているだけです。 只是看看而已。
mi te i ru da ke de su

（英語・中国語）の分かる店員さんいますか？
ei go chuugoku go no wa ka ru ten in san i ma su ka
有懂（英文／中文）的店員嗎？

（おすすめ・新製品・セール品）はなんですか？
o su su me shin sei hin se-ru hin wa na n de su ka
（推薦品／新產品／特價品）是什麼呢？

これは台湾で使えますか？
ko re wa tai wan de tsu ka e ma su ka
這個可以在台灣使用嗎？

います・いりません （需）要／不（需）要
i ri ma su i ri ma se n

似合います・似合いません
ni a i ma su ni a i ma se n
適合／不適合。

㉙ デパート（百貨公司）㉓

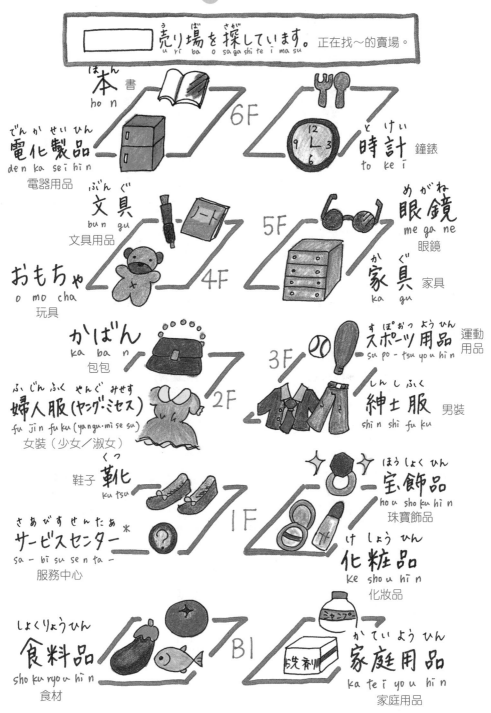

□ 売り場を探しています。 正在找～的賣場。
u ri ba o sa ga shi te i ma su

ほん
本 書
ho n

6F

でんかせいひん
電化製品
den ka sei hin
電器用品

とけい
時計 鐘錶
to kei

ぶんぐ
文具
bun gu
文具用品

5F

めがね
眼鏡
me ga ne
眼鏡

おもちゃ
o mo cha
玩具

4F

かぐ
家具 家具
ka gu

かばん
ka ba n
包包

3F

すぽおつようひん
スポーツ用品 運動用品
su po - tsu you hin

ふじんふく せんぐ みせす
婦人服（ヤング・ミセス）
fu jin fu ku (yangu・mi se su)
女裝（少女／淑女）

2F

しんしふく
紳士服 男裝
shi n shi fu ku

くつ
鞋子 靴
ku tsu

ほうしょくひん
宝飾品
hou sho ku hin
珠寶飾品

さあびすせんたあ ＊
サービスセンター
sa - bi su sen ta -
服務中心

1F

けしょうひん
化粧品
ke shou hin
化妝品

しょくりょうひん
食料品
sho ku ryou hin
食材

B1

かていようひん
家庭用品
ka tei you hin
家庭用品

＊ 這個單字直接說「サービスセンターを探しています」即可，不需要加上「売り場」。

✗ サービスセンター売り場を探しています

Part **6** 購物

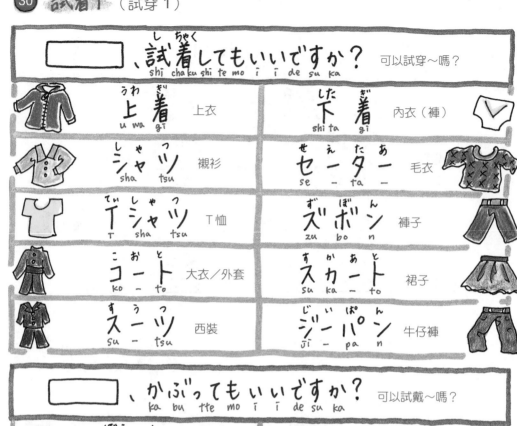

_____、試着してもいいですか？　可以試穿～嗎？
shi cha ku shi te mo i i de su ka

上着 uwa gi 上衣	下着 shi ta gi 內衣（褲）
シャツ sha tsu 襯衫	セーター se - ta - 毛衣
Tシャツ T sha tsu T恤	ズボン zu bo n 褲子
コート ko - to 大衣／外套	スカート su ka - to 裙子
スーツ su - tsu 西裝	ジーパン ji - pa n 牛仔褲

_____、かぶってもいいですか？　可以試戴～嗎？
ka bu tte mo i i de su ka

帽子 bo u shi 帽子	ニット帽 ni tto bo u 針織帽
キャップ kya ppu 運動帽	

_____、履いてもいいですか？　可以試穿～（鞋子）嗎？
ha i te mo i i de su ka

靴 ku tsu 鞋子	スニーカー su ni - ka - 運動鞋
サンダル sa n da ru 涼鞋	ブーツ bu - tsu 靴子
ヒール hi - ru 高跟鞋	

□ してもいいですか？ 可以試試～嗎？
shi te mo i i de su ka

ネクタイ 領帶 ne ku ta i	イヤリング 耳環 i ya ri n gu
マフラー 圍巾 ma fu ra —	ピアス（穿洞）耳環 pi a su
スカーフ 絲巾；領巾 su ka — fu	ネックレス 項鍊 ne kku re su
ベルト 皮帶 be ru to	ブレスレット 手鐲 bu re su re tto
指 輪 戒指 yu bi wa	香 水 香水 ko u su i

Part **6** 購物

□、かけてもいいですか？ 可以試戴～嗎？
ka ke te mo i i de su ka

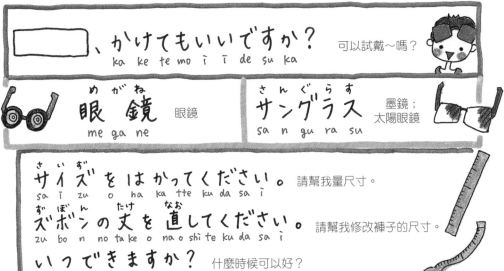

眼 鏡 眼鏡 me ga ne	サングラス 墨鏡； sa n gu ra su 太陽眼鏡

サイズ を はかってください。 請幫我量尺寸。
sa i zu o ha ka tte ku da sa i

ズボン の 丈 を 直してください。 請幫我修改褲子的尺寸。
zu bo n no take o na o shi te ku da sa i

いつ できますか？ 什麼時候可以好？
i tsu de ki ma su ka

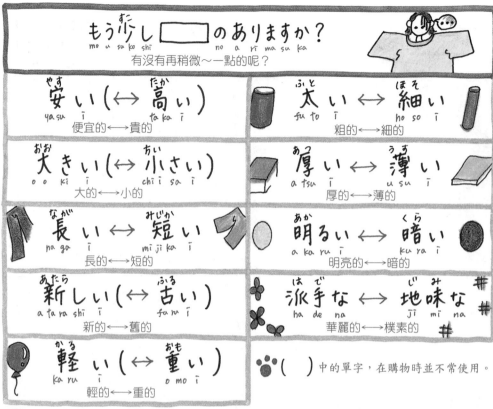

もう<ruby>少<rt>すこ</rt></ruby>し □ のありますか？
mo u su ko shi　　　　　no a ri ma su ka
有沒有再稍微〜一點的呢？

<ruby>安<rt>やす</rt></ruby>い（↔ <ruby>高<rt>たか</rt></ruby>い）
ya su i　　　ta ka i
便宜的←→貴的

<ruby>太<rt>ふと</rt></ruby>い ↔ <ruby>細<rt>ほそ</rt></ruby>い
fu to i　　　ho so i
粗的←→細的

<ruby>大<rt>おお</rt></ruby>きい（↔ <ruby>小<rt>ちい</rt></ruby>さい）
o o ki i　　　chi i sa i
大的←→小的

<ruby>厚<rt>あつ</rt></ruby>い ↔ <ruby>薄<rt>うす</rt></ruby>い
a tsu i　　　u su i
厚的←→薄的

<ruby>長<rt>なが</rt></ruby>い ↔ <ruby>短<rt>みじか</rt></ruby>い
na ga i　　　mi ji ka i
長的←→短的

<ruby>明<rt>あか</rt></ruby>るい ↔ <ruby>暗<rt>くら</rt></ruby>い
a ka ru i　　　ku ra i
明亮的←→暗的

<ruby>新<rt>あたら</rt></ruby>しい（↔ <ruby>古<rt>ふる</rt></ruby>い）
a ta ra shi i　　　fu ru i
新的←→舊的

<ruby>派手<rt>はで</rt></ruby>な ↔ <ruby>地味<rt>じみ</rt></ruby>な
ha de na　　　ji mi na
華麗的←→樸素的

<ruby>軽<rt>かる</rt></ruby>い（↔ <ruby>重<rt>おも</rt></ruby>い）
ka ru i　　　o mo i
輕的←→重的

（　　）中的單字，在購物時並不常使用。

Part
6
購
物

<ruby>他<rt>ほか</rt></ruby>の<ruby>色<rt>いろ</rt></ruby>はありませんか？ 有沒有其他的顏色呢？
ha ka no i ro wa a ri ma se n ka

白色	黑色	藍色	紅色	綠色	紫色
<ruby>白<rt>しろ</rt></ruby> shi ro	<ruby>黒<rt>くろ</rt></ruby> ku ro	<ruby>青<rt>あお</rt></ruby> a o	<ruby>赤<rt>あか</rt></ruby> a ka	<ruby>緑<rt>みどり</rt></ruby> mi do ri	<ruby>紫<rt>むらさき</rt></ruby> mu ra sa ki
黃色	茶色	淡藍色	灰色	橘色	粉紅色
<ruby>黄色<rt>きいろ</rt></ruby> ki i ro	<ruby>茶色<rt>ちゃいろ</rt></ruby> cha i ro	<ruby>水色<rt>みずいろ</rt></ruby> mi zu i ro	グレー gu re-	オレンジ o re n ji	ピンク pi n ku

退税

税金の
払い戻し

1. 某些商品在同一個地方消費超過日幣一萬元或五千元以上，就可退還消費稅。

2. 在大多數的百貨公司、SAKURA、BIGKAMERA等大型的電器行裡也可以辦理退稅。

3. 購買食品不能退稅。

4. 只要把護照拿到服務中心核對身分就可辦理退稅。

□ してもいいですか？	□ におすすめはありますか？
shi te mo i i de su ka	ni o su su me wa a ri ma su ka
可以試擦一下～嗎？	有沒有針對～特別推薦的（產品）？

 ファンデーション（ふぁんでえしょん）粉底　fa n de - sho n

 アイブロウ（あいぶろう）眉筆　a i bu ro u

 アイシャドウ（あいしゃどう）眼影　a i sha do u

 アイライナー（あいらいなあ）眼線　a i ra i na -

 マスカラ（ますから）睫毛膏　ma su ka ra

 口紅／グロス（くちべに／ぐろす）口紅・唇蜜　ku chi be ni gu ro su

 チークカラー（ちいくからあ）腮紅　chi - ku ka ra -

 パウダー（ぱうだあ）粉餅　pa u da -

 マニキュア（まにきゅあ）指甲彩繪　ma ni kyu a

 乾燥肌（かんそうはだ）乾性肌膚　kan sou ha da

テカりやすい肌（てかりやすいはだ）te ka ri ya su i ha da　油性肌膚

 美白（びはく）美白　bi haku

 しわ対策（しわたいさく）抗皺　shi wa tai sa ku

ニキビ（にきび）面皰；青春痘　ni ki bi

UVケア／日焼け止め（ゆうぶいけあ／ひやけどめ）yu - bu i ke a hi ya ke do me　抗UV／防曬乳

（リップ・ハンド）クリーム（りっぷ・はんど くりいむ）ri ppu han do ku ri - mu　護唇膏／護手霜

化粧水／乳液（けしょうすい／にゅうえき）ke shou sui nyu e ki　化妝水／乳液

メイク落とし（めいく おとし）me i ku o to shi　卸妝（產品）

☐ は あ り ま す か ？
wa a ri ma su ka

有～嗎？

	ペン／鉛筆 pe n　en pi tsu 筆／鉛筆		コンタクトの保存液 ko n ta ku to no ho zo ne ki 隱形眼鏡的保養液
	ノート　筆記本 no - to		洗顔料　洗面乳 se n ga n ryo u
	はがき　明信片 ha ga ki		シャンプー　洗髮精 sha n pu -
	歯ブラシ　牙刷 ha bu ra shi		ボディーシャンプー bo dhi - sha n pu - 沐浴乳
	歯磨き粉　牙膏 ha mi ga ki ko		靴下　襪子 ku tsu shi ta
	爪切り　指甲剪 tsu me ki ri		下着　內衣（褲） shi ta gi
	ティッシュ　面紙 thi sshu		新聞　報紙 shi n bu n
	ひげそり　刮鬍刀 hi ge so ri		地図　地圖 chi zu
	シェービングクリーム she - bi n gu ku ri - mu 刮鬍膏；刮鬍泡；刮鬍露		生理用品 se i ri yo u hi n 衛生棉

Part 6 購物

□ を 買いたいです。
o ka i ta i de su

我想買～。

テレビ／液晶テレビ te re bi / e ki shou te re bi	電視／ 液晶電視	デジカメ de ji ka me 數位相機
携帯／電話機 kei tai / den wa ki	手機／ 電話機	ビデオカメラ bi de o ka me ra 錄影機
FAX fa kku su	傳真	メモリーカード me mo ri- ka~ do 記憶卡
MP3・CD プレイヤー e mu pi surī shii dhi pu re i ya-	MP3／ CD隨身聽	電池 * den chi 電池
DVDレコーダー dhi bui dhi re ko- da-	DVD播放機	電子辞書 den shi ji sho 電子字典

 パソコン（デスクトップ・ノートブック）
pa so ko n de su ku to ppu no- to bu kku

個人電腦
（桌上型／筆記型電腦）

 時計（掛け時計・腕時計・目覚まし時計）
to kei ka ke do kei u de do kei me za ma shi do kei

鐘錶
（掛鐘／手錶／鬧鐘）

何（画素・M・G）ですか？
na n ga so me ga gi ga de su ka

是多少（畫素／M／G）的呢？

何時間 使えますか？
na n ji kan tsu ka e ma su ka

可以使用幾個小時呢？

何枚 撮れますか？
na n mai to re ma su ka

可以照幾張照片呢？

 512 M

＊ 単一 一號電池 単二 二號電池 単三 三號電池 単四 四號電池 単五 五號電池
tan ichi tan ni tan san tan yon tan go

保証書 ho shou sho 保證書	お買上げ 20xx. 1. 1	説明書 se tsu mei sho 說明書 Pxx...123 取扱説明

㊱ 支払い （付錢）

（全部で・これは）いくらですか？
ぜん ぶ
zen bu de　ko re wa　i ku ra de su ka

（全部／這個）多少錢？

高すぎます。
たか
ta ka su gi ma su

太貴了。

割引きしてもらえませんか？
わり び
wa ri bi ki shi te mo ra e ma se n ka

可以算我
便宜一點嗎？

🐾 日本的商家不常讓人殺價（値引き）。

（30％・3割）引き＊
ぱあせんと　　わり　　び
pa-sento　　wa ri　 bi ki

減（3成／30%）
（即打七折的意思）

Part 6 購物

＊ 紅字部分可替換適當的數字。
＊「10000円の (30%・3割)引 → 7000円」和台灣打幾折的說法不同。

店員：お支払いは（カード・現金）でしょうか？
　　　　し はら　　　　か あど　　げんきん
　　　o shi ha ra i wa　ka-do　gen kin de sho u ka

你要用（信用卡／現金）付錢嗎？

客：（カード・現金）でお願いします。
　　　 か あど　げんきん　　　　ねが
　　 ka-do　gen kin　de o ne ga i shi ma su

我要用（信用卡／現金）付錢。

客：すみません、お釣りが違います。
　　　　　　　　　　 つ　　　　ちが
　su mi ma se n　o tsu ri ga chi ga i ma su

對不起，你錢找錯了。

店員：申し訳ございません。
　　　 もう　わけ
　　mo u shi wa ke go za i ma se n

真是對不起。

ありがとうございました。
a ri ga to u go za i ma shi ta

謝謝。

44

 税金の払い戻し（退税）

退税攸關自身的重大權益，千萬不要放棄喔！
學起來可以成功地幫自己退稅。

税金（ぜいきん）の払（はら）い戻（もど）しはできますか？

可以辦退稅嗎？

当店（とうてん）ではご対応（たいおう）できかねます。

本店沒有。

いくら以上（いじょう）の購入（こうにゅう）で免税（めんぜい）に
なりますか？多少錢以上免稅？

5000円以上（えんいじょう）になります。

5千塊以上。

この商品（しょうひん）は免税（めんぜい）の対象外（たいしょうがい）です。

這個不在免稅品項中。

こちらの商品（しょうひん）は1万円超（まんえんこ）えないと免税（めんぜい）の適用（てきよう）ができま
せん。這個要超過1萬塊才能免稅。

税金還付（ぜいきんかんぷ）の手続（てつづ）きは2階（かい）の受付（うけつけ）でお願（ねが）いします。

退稅請到2樓櫃枱。

出国前（しゅっこくまえ）に商品（しょうひん）を開封（かいふう）しないでください。

出國之前商品都不可以打開。

45

お店の会話 （店內會話）

到店裡買東西，面對店員的一串日文。你準備好了嗎？

こちら、温めますか？

您要加熱嗎？

はい、お願いします。

麻煩你。

賞味期限はどれくらいですか？

可以保存幾天？

大体1週間くらいです。

大約一個禮拜。

飛行機に持ち込めますか？

可以帶上飛機嗎？

はい、大丈夫です。

可以的。

会員カードはお持ちですか？

您有會員卡嗎？＊

ポイントカードをお作りしますか？

您要集點卡嗎？

＊店員結帳時可能你當日本人，劈頭就說一串日文。其實很多是促銷活動，請不要緊張。

46

会話例１

いらっしゃいませ。<ruby>何名様<rt>なんめいさま</rt></ruby>ですか？　歓迎光臨。
請問您幾位？

<ruby>3人<rt>さんにん</rt></ruby>です。　3個人。
san nin de su

会話例２

お<ruby>タバコ<rt>たばこ</rt></ruby>はお<ruby>吸<rt>す</rt></ruby>いになりますか？
請問您抽煙嗎？

はい。／いいえ。　是的／沒有。
ha i　　　i i e

<ruby>喫煙席<rt>きつえんせき</rt></ruby>　吸菸席
ki tsu en se ki

<ruby>禁煙席<rt>きんえんせき</rt></ruby>　禁菸席
kin en se ki

会話例３

ただ<ruby>今<rt>いま</rt></ruby><ruby>満席<rt>まんせき</rt></ruby>ですので、<ruby>少々<rt>しょうしょう</rt></ruby>お<ruby>待<rt>ま</rt></ruby>ちください。　因為現在客滿，
請您稍等一會兒。

<ruby>何分<rt>なんぷん</rt></ruby>ぐらい<ruby>待<rt>ま</rt></ruby>ちますか？　大概要等多久？
nan pun gu ra i ma chi ma su ka

<ruby>10分<rt>ぷん</rt></ruby>ぐらいです。　大約需要等10分鐘。

 OK!

<ruby>メニュー<rt>めにゅう</rt></ruby>をお<ruby>願<rt>ねが</rt></ruby>いします。
me nyu- o o ne ga i shi ma su
麻煩給我看一下菜單。

<ruby>お勧<rt>すす</rt></ruby>めはなんですか？
o su su me wa na n de su ka
你們推薦什麼？

<ruby>セットメニュー<rt>せっとめにゅう</rt></ruby>はありますか？
se tto me nyu- wa a ri ma su ka
你們有套餐嗎？

あれと<ruby>同<rt>おな</rt></ruby>じものを<ruby>下<rt>くだ</rt></ruby>さい。
a re to o na ji mo no o ku da sa i
請給我和那個相同的東西（料理）。

これを<ruby>下<rt>くだ</rt></ruby>さい。　＊
ko re o ku da sa i
（指著菜單）請給我這個。

＊ 指著菜單說。

会話例４

<ruby>コーヒー<rt>こおひい</rt></ruby>は<ruby>食後<rt>しょくご</rt></ruby>にお<ruby>持<rt>も</rt></ruby>ちしましょうか？　您的咖啡要飯後再上嗎？

はい。／<ruby>食事<rt>しょくじ</rt></ruby>と<ruby>一緒<rt>いっしょ</rt></ruby>にお<ruby>願<rt>ねが</rt></ruby>いします。　是的。／不，請麻煩和餐點一起上。
ha i　　shoku ji to i ssho ni o ne ga i shi ma su

お腹すきました。 我肚子餓了。
o na ka su ki ma shi ta

おかわりください。 請再來一份。
o ka wa ri ku da sa i

お腹いっぱいです。 我吃飽了。
o na ka i ppa i de su

注文したものがまだ来ていません。 我點的東西
chuu mon shi ta mo no ga ma da ki te i ma se n 還沒有來。

すみません、席を替えてください。 不好意思，請幫
su mi ma se n se ki o ka e te ku da sa i 我換另一個位子。

お会計お願いします。 麻煩請結帳。
o kai kei o ne ga i shi ma su

私がおごります。 我請客。
wa ta shi ga o go ri ma su

割り勘にしましょう。 均攤。
wa ri kan ni shi ma sho u

ごちそうになります。* 受您款待了。
go chi so u ni na ri ma su

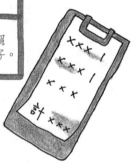

＊ 別人請客時，可說此句。

領収書お願いします。 麻煩給我收據。
ryo u shuu sho o ne ga i shi ma su

ごちそうさまでした。** 謝謝您的招待。
go chi so u sa ma de shi ta

＊＊ 離開店裡時，可說此句。

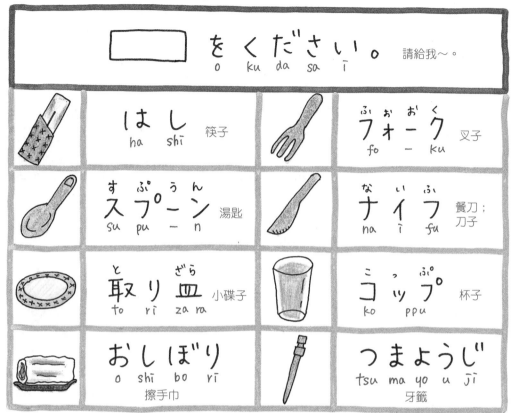

□ を ください。 請給我～。
o ku da sa ī

	はし　筷子 ha shī		フォーク　叉子 fo ー ku
	スプーン　湯匙 su pu ー n		ナイフ　餐刀；刀子 na ī fu
	取り皿　小碟子 to ri za ra		コップ　杯子 ko ppu
	おしぼり　擦手巾 o shī bo rī		つまようじ　牙籤 tsu ma yo u jī

Part
7
飲食

〈日本の喫煙事情〉 **日本的抽菸情況**

與台灣相比，日本可以說是抽菸者的天堂。

日本人不論是在哪裡都可以爽快地抽菸，即使是在麥當勞，也會有吸菸的樓層。

最近因為禁煙熱潮的關係，開始設有禁菸區，或是禁止一邊走路一邊吸菸。

但是，若和台灣相比的話，日本吸菸者還是佔大多數吧。

灰皿
hai za ra
菸灰缸

りょう り
料理はどうですか？
ryou ri wa do u de su ka
這道料理味道如何呢？

_____ です。
de su

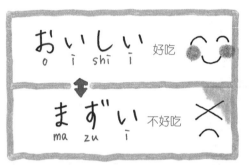

おいしい 好吃 o i shi i

まずい 不好吃 ma zu i

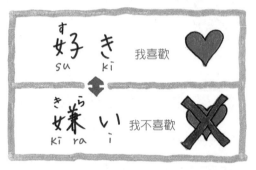

す
好き 我喜歡 su ki

き ら
嫌い 我不喜歡 ki ra i

あま
甘い 甜的 a ma i

から
辛い 辣的 ka ra i

す
酸っぱい 酸的 su ppa i

しょっぱい 鹹的 sho ppa i

にが
苦い 苦的 ni ga i

さっぱり 清淡的 sa ppa ri

こってり 味道濃 ko tte ri

あぶら
脂っこい 油膩的 a bu ra kko i

あじ
味がうすい・こい a ji ga u su i ko i
味道淡／濃

ちょうどいい cho u do i i
剛剛好

店内でお召し上がりですか？　請問您是要內用嗎？
ten nai de o me shi a ga ri de su ka

はい、ここで（食べます）。／持ち帰り（テイクアウト）で。
ha i ko ko de ta be ma su mo chi ka e ri te i ku a u to de

是的，在這邊（吃）。／帶走（或 take out 外帶）。

ハンバーガー　漢堡
han ba - ga -

チーズバーガー　吉士漢堡
chi - zu ba - ga -

照り焼きバーガー　照燒漢堡
te ri ya ki ba - ga -

フィッシュバーガー　魚堡
fi sshu ba - ga -

ライスバーガー　米漢堡
rai su ba - ga -

サンドイッチ　三明治
sa n do i cchi

ピザ　披薩
pi za

サラダ　沙拉
sa ra da

フライドチキン　炸雞
fu ra i do chi ki n

フライドポテト　薯條
fu ra i do po te to

チキンナゲット　雞塊
chi ki n na ge tto

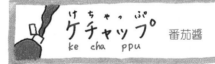
ケチャップ　番茄醬
ke cha ppu

マスタード・マヨネーズ　黃色芥末／美乃滋
ma su ta - do ma yo ne - zu

ソフトクリーム　霜淇淋
so fu to ku ri - mu

シェイク　奶昔
she i ku

＊ □ 內可填入其他的套餐名稱。

Aセット＊　A套餐
ei se tto

モーニングセット　早點套餐
mo - ni ngu

Part
7
飲
食

ご注文をうかがいます。 請問您要點些什麼？
go chuu mon o u ka ga i ma su

 枝豆 毛豆
e da ma me

 おつまみ 下酒小菜
o tsu ma mi

 冷奴 涼拌豆腐
hi ya ya kko

 漬物 醬菜
tsu ke mo no

 チーズ揚げ 炸起司
chi - zu a ge

 刺身盛り合わせ
sa shi mi mo ri a wa se
生魚片拼盤

 子持ちシシャモ
ko mo chi shi sha mo
帶卵柳葉魚

 さつま揚げ*
sa tsu ma a ge
油炸魚漿

 揚げ出し豆腐
a ge da shi dou fu
油炸豆腐

 ホッケ焼き
ho kke ya ki
烤花鯽魚

 もつ煮込み 雜燴
mo tsu ni ko mi

 焼き鳥 烤雞肉串
ya ki to ri

 卵焼き 煎蛋
ta ma go ya ki

 肉じゃが 馬鈴薯燉肉
ni ku ja ga

 サイコロステーキ
sa i ko ro su te - ki
切塊牛排

 餃子 餃子
gyo u za

 おとうし（関東）** 下酒菜
o to u shi （關東）

つきだし（関西）** 下酒菜
tsu ki da shi （關西）

 ラストオーダーは11時までですけど、よろしいですか？
ra su to o - da - wa ji ma de de su ke do yo ro shi i de su ka
我們的最後一次點餐到11點為止，可以嗎？

＊ 「さつま揚げ」類似我們說的「甜不辣」，是一種用油炸魚漿的食物。

＊＊「おとうし」、「つきだし」是你到居酒屋，一坐下來店家就會端上來的小菜。（你沒點也會
送上來，有的要收費，有的不收費。）關東、關西地方對此物的稱呼不同，請注意。

乾杯！
kan pai
乾杯！

はしご
ha shi go
續攤

ビール（中・大ジョッキ）
bi-ru chuu dai jo kki
啤酒（中／大杯啤酒）

（赤・白）ワイン
a ka shiro wa in
（紅／白）葡萄酒

日本酒（熱燗・冷酒）
ni hon shu atsu kan hiya zake
日本酒（燙熱／冷酒）

焼酎（お湯割り・水割り）
shou chuu o yu wa ri mizu wa ri
燒酒（加熱水稀釋／加水稀釋）

梅酒
u me shu
梅酒

杏酒
an zu shu
杏酒

カクテル
ka ku te ru
雞尾酒

ウイスキー
u i su ki-
威士忌

□サワー（お酒＋果物）
sa wa-
～沙瓦（酒＋水果）*

□ハイ（焼酎＋他の飲み物）
ha i
～酒（燒酒＋其它的飲料）

グレープフルーツ
gu re-pu fu ru-tsu
葡萄柚

酎（＋炭酸水）
chu u tan san sui
酒（＋蘇打水）

巨峰
kyo ho u
巨峰
（葡萄的一種）

レモン
re mo n
檸檬

りんご
ri n go
蘋果

ライム
ra i mu
萊姆

カルピス
ka ru pi su
可爾必思

ウーロン
u-ro n
烏龍茶

去日本的居酒屋時，首先會從喝的東西開始點。
所以日本人一到店裡幾乎都會說「とりあえず、ビール」（總之先來杯啤酒吧！）。
＊另外有「お酒＋ジューマ＋炭酸」的調配。

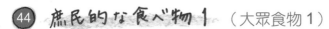

44 庶民的な食べ物1 （大眾食物1）

丼物
don mo no
丼；蓋飯

牛丼
gyu u don
牛丼

親子丼
o ya ko don
親子丼

豚丼
bu ta don
豬肉丼

天丼
ten don
天婦羅丼

焼き鳥丼
ya ki to ri don
雞肉丼

うな丼・うな重
u na don u na juu
鰻魚蓋飯／用四角盒子裝的鰻魚飯

鉄火丼 ＊1
te kka don
鐵火丼

カツ丼
ka tsu don
豬排丼

ミニ丼 ＊2
mi ni do n
迷你丼

＊1 鮪魚的深紅色部位的肉做成的丼。
＊2 比普通的丼還要小碗的丼。

朝ごはん
a sa go ha n
早餐

たくわん
ta ku wa n
醃蘿蔔

納豆
na tto u
納豆

焼き魚
ya ki za ka na
烤魚

のり
no ri
海苔

味噌汁
mi so shi ru
味噌湯

ふりかけ
fu ri ka ke
魚香鬆
（含魚粉、海苔、芝麻、柴魚、辛香料等）

卵かけご飯 ＊3
ta ma go ka ke go han
蛋拌飯

梅干
u me bo shi
醃梅乾

おにぎり
o ni gi ri
飯糰

＊3 生蛋拌白飯

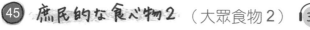

鉄板を使った料理
te ppan o tsuka tta ryou ri
使用鐵板做出的料理

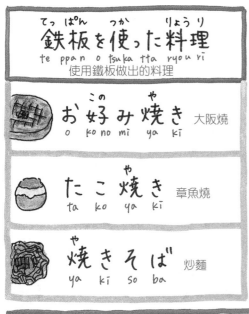

お好み焼き　大阪燒
o ko no mi ya ki

たこ焼き　章魚燒
ta ko ya ki

焼きそば　炒麵
ya ki so ba

定食　定食；套餐
tei sho ku

日替わり定食
hi ga wa ri tei sho ku
每日特餐

朝定食　早餐套餐
a sa tei sho ku

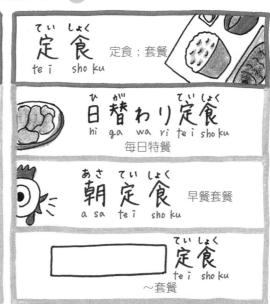

定食
tei sho ku
～套餐

Part 7 飲食

□そば・□うどん
so ba　u do n
～蕎麥麵／～烏龍麵

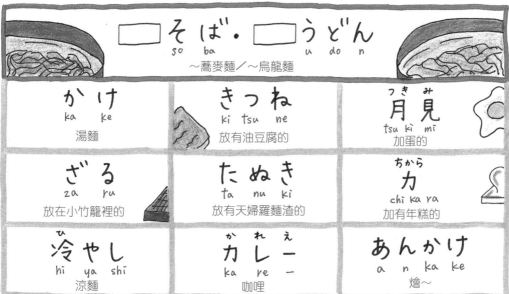

かけ
ka ke
湯麵

きつね
ki tsu ne
放有油豆腐的

月見
tsu ki mi
加蛋的

ざる
za ru
放在小竹籠裡的

たぬき
ta nu ki
放有天婦羅麵渣的

力
chi ka ra
加有年糕的

冷やし
hi ya shi
涼麵

カレー
ka re -
咖哩

あんかけ
a n ka ke
燴～

• 蕎麥麵、烏龍麵的名稱很類似，上面列示的名稱可直接接上「そば」或「うどん」，如「かけそば」、「かけうどん」。

• 在日本，最便宜的用餐地方大概是賣牛丼店和站著吃的蕎麥麵店吧！牛丼專賣店的價錢大約是500日圓，而站著吃的蕎麥麵，大約只要300日圓就能夠吃得到。

麵類＋飯類？
台灣人似乎沒有將麵類和飯類一起吃的習慣，但在日本的無座式蕎麥麵店或是拉麵店，都可以看到同時點飯類和麵類的客人。有附餃子的拉麵套餐，也有「麵＋炒飯＋餃子」這樣的組合套餐。

なべ もの
鍋物 鍋類
na be mo no

しゃぶしゃぶ 涮涮鍋
sha bu sha bu

や
すき焼き 壽喜燒
su ki ya ki

おでん 黑輪
o de n

なべ
ちゃんこ鍋 相撲鍋
cha n ko na be

なべ
さくら鍋 櫻花鍋
sa ku ra na be （馬肉鍋）

なべ
もつ鍋 內臟鍋
mo tsu na be

じん ぎ す か ん なべ
ジンギスカン鍋
Ji n gi su ka n na be
羊肉鍋

いし かり なべ
石狩鍋
i shi ka ri na be
石狩鍋（以鮭魚為主料的火鍋）

や な がわ なべ
柳川鍋 柳川鍋
ya na ga wa na be （泥鰍鍋）

てっちり 河豚鍋
te cchi ri

みず た
水炊き 日式清燉（鍋）
mi zu ta ki

か き なべ
牡蠣鍋 牡蠣鍋
ka ki na be

ゆ どう ふ
湯豆腐 豆腐鍋
yu do u fu

ぞう すい
おじや・雑炊 雜燴粥；
o ji ya zo u su i 菜粥

吃完火鍋以後？

　　日本人不喜歡浪費，所以在吃完火鍋以後，會使用剩下的湯頭來做成「雑炊」（雜燴粥；ぞうすい
菜粥）。用剩下的湯做的雜燴粥，可以嚐到許多食材的味道，非常好吃。但是，用大家吃過
的一個鍋子，來吃雜燴粥的感覺，也許台灣人會感到不太習慣吧！

揚げ物
a ge mo no
油炸物

かき揚げ
ka ki a ge

てんぷら 天婦羅
te n pu ra

串揚げ
ku shi a ge
竹串炸

鳥のから揚げ 炸雞
to ri no ka ra a ge

春巻き
ha ru ma ki
春捲

韓国料理
ka n ko ku ryou ri
韓國料理

クッパ 泡飯
ku ppa

焼肉 燒肉
ya ki ni ku

チヂミ 韓式煎餅
chi ji mi

サンチュ 生菜萵苣
sa n chu

サムゲタン 人參雞湯
sa mu ge ta n

キムチ 泡菜
ki mu chi

冷麺 冷麵
re i me n

ナムル 韓式涼拌菜
na mu ru

トッポッキ 韓式年糕
to ppo kki

キムチチゲ 韓式泡菜鍋
ki mu chi chi ge

ユッケ 生拌牛肉
yu kke （也有用雞肉、魚等生食材）

石焼ビビンバ 石鍋拌飯
i shi ya ki bi bi n ba

豚足 豬腳
to n so ku

切成細絲的干貝及櫻花蝦等食物，混著麵衣去炸的天婦羅。

Part 7 飲食

先に食券をお求めください。 請先購買餐券。
saki ni shokken o o moto me ku da sa i

しょう ￥500

醤油ラーメン 醤油拉麵
shou yu ra-men

激辛ラーメン 麻辣拉麵
ge ki kara ra-men

塩ラーメン 鹽味拉麵
shio ra-men

つけめん 湯與麵 分開的拉麵
tsu ke me n

味噌ラーメン 味噌拉麵
mi so ra-men

坦々麵 擔擔麵
tan tan me n

豚骨ラーメン 豚骨拉麵 （豬骨）
ton ko tsu ra-men

チャーシュー麵 叉燒麵
cha - shu - me n

和風ラーメン ＊ 和風拉麵
wa fuu ra-men

＊ 以海鮮類為高湯的拉麵。

トッピング 佐料配菜
to ppi n gu

生卵・味付け卵(煮卵) 生蛋／滷蛋 （煮蛋）
na ma tamago a ji tsu ke tamago ni tamago

バター 奶油
ba ta -

メンマ 筍乾
me n ma

わかめ 海帶芽
wa ka me

ねぎ 蔥
ne gi

ごま 芝麻
go ma

コーン 玉米
ko - n

にんにく 大蒜
ni n ni ku

在許多的拉麵店其佐料配菜是可付費追加的。

わさびが目にしみる〜。
wa sa bi ga me ni shi mi ru
被芥末嗆到流眼淚〜。

1貫 *
i kkan
壽司的單位

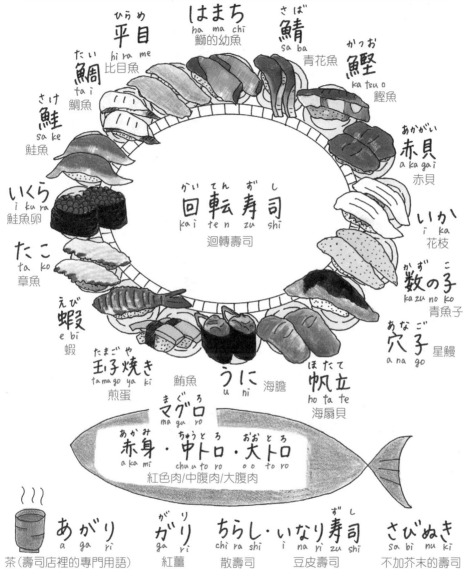

ひらめ
平目
hi ra me
比目魚

はまち
ha ma chi
鰤的幼魚

さば
鯖
sa ba
青花魚

たい
鯛
tai
鯛魚

かつお
鰹
ka tsu o
鰹魚

さけ
鮭
sa ke
鮭魚

あかがい
赤貝
a ka gai
赤貝

いくら
i ku ra
鮭魚卵

回転寿司
kai ten zu shi
迴轉壽司

いか
i ka
花枝

たこ
ta ko
章魚

かずのこ
数の子
ka zu no ko
青魚子

えび
蝦
e bi
蝦

あなご
穴子
a na go
星鰻

たまごやき
玉子焼き
tama go ya ki
煎蛋

鮪魚

うに
u ni
海膽

ほたて
帆立
ho ta te
海扇貝

まぐろ
マグロ
ma gu ro

あかみ　ちゅうとろ　おおとろ
赤身・中トロ・大トロ
a ka mi　chuu to ro　oo to ro
紅色肉/中腹肉/大腹肉

あがり
a ga ri
茶(壽司店裡的專門用語)

ガリ
ga ri
紅薑

ちらし・いなり寿司
chi ra shi　i na ri zu shi
散壽司　豆皮壽司

さびぬき
sa bi nu ki
不加芥末的壽司

Part **7** 飲食

🐾 日本一般的迴轉壽司是非常便宜的（大約一盤100日圓）。但若是在吧台吃壽司，一個人就有可能會吃到一萬塊日幣以上。

🐾 **芥末**：日本的芥末可是非常的辣喔。若是依台灣芥末的感覺加太多的話（直到醬油變成綠色為止），可是會嗆到飆淚的喔。特別注意！

🐾 **1貫**：約40g〜50g。如果是20g〜30g大小的壽司，則是做成2個。如果是40g〜50g比較大的壽司則是做成1個。

Part 子 飲食

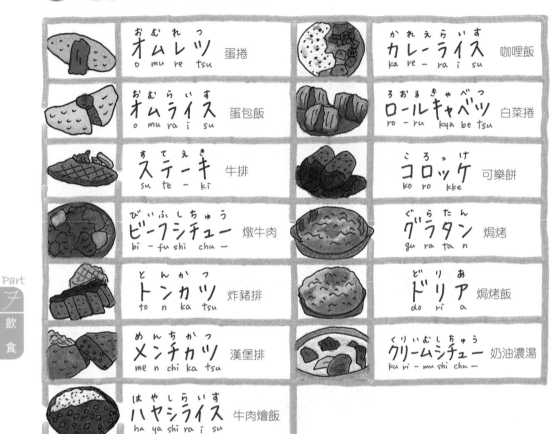

オムレツ o mu re tsu	蛋捲	カレーライス ka re-rai su	咖哩飯
オムライス o mu rai su	蛋包飯	ロールキャベツ ro-ru kya be tsu	白菜捲
ステーキ su te-ki	牛排	コロッケ ko ro kke	可樂餅
ビーフシチュー bi-fu shi chu-	燉牛肉	グラタン gu ra ta n	焗烤
トンカツ to n ka tsu	炸豬排	ドリア do ri a	焗烤飯
メンチカツ me n chi ka tsu	漢堡排	クリームシチュー ku ri-mu shi chu-	奶油濃湯
ハヤシライス ha ya shi rai su	牛肉燴飯		

（エビ・カキ）フライ
e bi ka ki fu rai 　炸蝦 炸牡蠣

（魚・イカ）フライ
sakana i ka fu rai 　炸魚 炸花枝

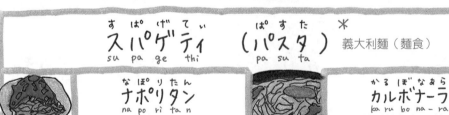
スパゲティ
su pa ge thi 　　（パスタ）
pa su ta 　＊ 義大利麵（麵食）

ナポリタン
na po ri ta n
蕃茄義大利麵

ミートソース
mi-to so-su
（義大利）肉醬

カルボナーラ
ka ru bo na-ra
奶油（培根）蛋義大利麵

たらこ
ta ra ko
鱈魚子

＊「パスタ」：義大利麵總稱。「スパゲティ」指細長麵條的義大利麵。

コーヒー の おかわり は いかが ですか？ 請問您的咖啡要再續杯嗎？
ko-hi-　no　okawari　wa　ikaga　desuka?
はい。／ けっこう です。 好的。／不用了。
hai　　　kekkou desu

COFFEE

アメリカン 美式咖啡
a me ri ka n

ブレンド 綜合咖啡
bu re n do

エスプレッソ 濃縮咖啡
e su pu re sso

カプチーノ 卡布奇諾
ka pu chi - no

カフェモカ 摩卡咖啡
ka fe mo ka

カフェラテ 拿鐵咖啡
ka fe ra te

アイスコーヒー 冰咖啡
ai su ko - hi -

TEA

ミルクティー 奶茶
mi ru ku thi -

パールミルクティー 珍珠奶茶
pa - ru mi ru ku thi -

アールグレイ 伯爵紅茶
a - ru gu re i

ダージリン 大吉嶺
da - ji ri n

アップルティー 蘋果茶
a ppu ru thi -

ハーブティー 香草茶
ha - bu thi -

ジャスミンティー 茉莉花茶
ja su min thi -

Part
7
飲
食

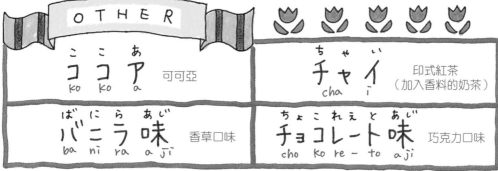

OTHER

ココア 可可亞
ko ko a

バニラ味 香草口味
ba ni ra aji

チャイ 印式紅茶
cha i （加入香料的奶茶）

チョコレート味 巧克力口味
cho ko re - to aji

デザート（甜點）

これ以上食べたら太ります。
ko re i jou ta be ta ra futo ri ma su
再吃的話就會變胖。

アイスクリーム 冰淇淋
a i su ku ri - mu

チーズケーキ 起司蛋糕
chi - zu ke - ki

ヨーグルト 優酪乳
yo - gu ru to

ショートケーキ
sho - to ke - ki
草莓（奶油）蛋糕

クレープ 可麗餅
ku re - pu

ティラミス 提拉米蘇
thi ra mi su

ムース 慕斯
mu - su

モンブラン 蒙布朗
mon bu ra n

パフェ 聖代
pa fe

クッキー 餅乾
ku kki -

プリン・ゼリー 布丁
pu ri n ze ri - 果凍

団子・あんこ
dan go a n ko
丸子／紅豆餡

パイ 派
pa i

ぜんざい（お汁粉）
ze n za i o shi ru ko
紅豆湯（內有放麻糬、湯圓等）

シュークリーム 泡芙
shu - ku ri - mu

あんみつ
a n mi tsu
豆沙水果涼粉

ホットケーキ・ワッフル ＊ 鬆餅
ho tto ke - ki wa ffu ru

どらやき 銅鑼燒
do ra ya ki

＊「ホットケーキ」：圓形鬆餅。「ワッフル」：指網格狀鬆餅。

Part 7 飲食

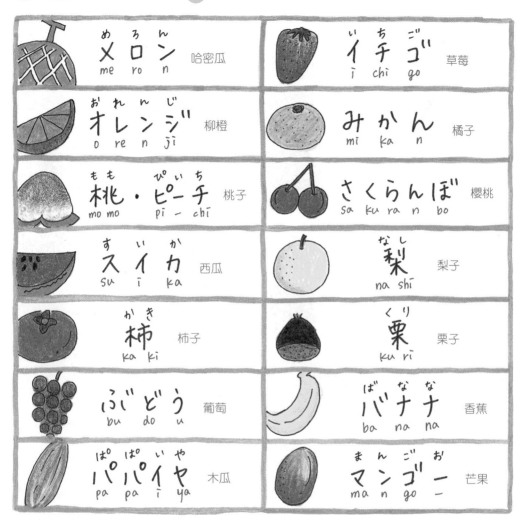

メロン me ro n 哈密瓜	イチゴ i chi go 草莓
オレンジ o re n ji 柳橙	みかん mi ka n 橘子
桃・ピーチ mo mo pi- chi 桃子	さくらんぼ sa ku ra n bo 櫻桃
スイカ su i ka 西瓜	梨 na shi 梨子
柿 ka ki 柿子	栗 ku ri 栗子
ぶどう bu do u 葡萄	バナナ ba na na 香蕉
パパイヤ pa pa i ya 木瓜	マンゴー ma n go - 芒果

Part
7
飲食

水果的漢字表記

基本上日本人使用漢字並不拿手，所以水果及蔬菜的表記大部份用平假名或片假名表示。

如：檸檬 → レモン

莓 → いちご

蜜柑 → みかん

しお **塩** 鹽 shi o	しょうゆ 醬油 sho u yu
みそ 味噌 mi so	さ とう **砂糖** 砂糖 sa to u
こ しょう **胡椒** 胡椒粉 ko sho u	す **酢** 醋 su
さん しょう **山椒** 山椒 san sho u	**みりん** 味醂 mi ri n
からし 黃色芥末 ka ra shi	こうしんりょう すぱいす **香辛料・スパイス** 香料; ko u shin ryou su pa i su 辛香料

いちみ しちみ とうがらし **(一味・七味) 唐辛子** ichi mi shichi mi to gara shi (一味／七味) 辣椒	ち り そおす **チリソース** 辣椒醬 chi ri so - su
て や そおす **照り焼きソース** 照燒醬 te ri ya ki so - su	ほ わ い と そおす **ホワイトソース** 白色醬汁 ho wa i to so - su （奶油白醬）
たる たる そおす **タルタルソース** 塔塔醬 ta ru ta ru so - su	ど れっしんぐ **ドレッシング** 沙拉醬 do re sshi n gu
ど み ぐ ら す そおす **ドミグラスソース** 牛肉醬汁 do mi gu ra su so - su	あぶら **油** 油 a bu ra
う す た あ そおす * **ウスターソース** 豬排醬 u su ta - so - su	**だし** 高湯 da shi

＊一般講的「ソース」也是這種醬。

（ねぎ・にんにく）抜き
ne gi nin ni ku nu ki

不加（蔥／大蒜）。

すみません、魚貝アレルギーです。
su mi ma se n gyo kai a re ru gi - de su

不好意思，
我對魚貝（海鮮）過敏。

魚貝を入れないでください。
gyo kai o i re na i de ku da sa i

請不要
加魚貝（海鮮）食物。

	たまご 卵　蛋 ta ma go		にゅう せい ひん 乳製品　乳製品 nyuu sei hin
	こ むぎ 小麦　小麥 ko mu gi		そば　蕎麥麵 so ba
	まめ 豆　豆子類 ma me		い も　蕃薯 i mo
	ふる うっ フルーツ　水果 fu ru - tsu	ぎゅう にく　とり にく　ぶた にく 牛肉・鶏肉・豚肉 gyuu ni ku　to ri ni ku　bu ta ni ku	牛肉／ 雞肉／ 豬肉

此欄之單字可套入上方 □ 內表示「對～過敏」、「不要加～」。

べ じ た り あん よう　　りょう り
ベジタリアン用の料理はありますか？ 有素食者用的餐點嗎？
be ji ta ri a n you no ryou ri wa a ri ma su ka

日本的素食主義者

日本人中很少有人是素食主義者。因此，大多數的餐廳都很難為素食者提供料理。

在日本所謂素食者食用的料理，就是出家和尚吃的「精進料理」、「懷石料理」。

提供這些料理的餐廳很少，也很貴。到日本的素食者應多注意。

Part 7 飲食

Part 子 飲食

焼く ya ku 烤；煎	炒める i ta me ru 炒
揚げる a ge ru 炸	煮る ni ru 煮
蒸す mu su 蒸	ゆでる yu de ru （用熱水）燙
立ち食い ta chi gu i 站著吃	温める a ta ta me ru 加熱
カウンター席 ka u n ta - se ki 吧台座位	テーブルチャージ te - bu ru cha - ji 席坐費 ＊
テーブル席 te - bu ru se ki 靠桌座位	サービス料 sa - bi su ryo u 服務費
窓際の席 ma do gi wa no se ki 靠窗座位	大盛り・特盛り o o mo ri toku mo ri 大碗／特大碗
（お）座敷 o za shi ki 塌塌米的房間	（食べ・飲み）放題 ta be no mi ho u da i （吃／喝）到飽
個室 ko shi tsu 包廂	バイキング・ビュッフェ ba i ki n gu byu ffe 歐式自助餐／自助餐
食べ歩き ta be a ru ki 一攤接著一攤吃	グルメ gu ru me 美食；美食家

＊ 有依桌計算，也有依人頭計算。

Q 観光案内所までの行き方を教えてください。
能不能請您告訴我觀光詢問處怎麼走？

A ここをまっすぐです。えっと、あっちのほうですね。
從這裡直直往前走。嗯，就在那一邊。

Q ラーメン博物館はどの駅ですか？ 拉麵博物館是在哪一站呢？

A 新横浜駅ですよ。 是新橫濱站喔。

Part
8
觀
光

Q 東京タワーまでどうやって行きますか？ 東京鐵塔要怎麼去呢？

A この道を戻って、2つ目ぐらいの信号の左側にありますよ。
這條路往回走，大概在第二個紅綠燈的左側喔。

Q （歩いて・電車で・バスで）行けますか？
（走路／坐電車／坐公車）可以到嗎？

A はい、歩いて5分くらいですね。
可以，走路的話五分鐘左右可以到。

Q ここから近いですか？ 離這裡很近嗎？

A ちょっと遠いですね。タクシーで行ったほうがいいですよ。 有點遠喔。坐計程車去比較好喔。

Q あれは何ですか？ 那棟是什麼呢？

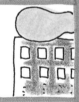

A ビール会社のビルですよ。 那棟是啤酒公司的大樓。

Q ここはどこですか？すみません、地図に書いてください。
請問這裡是哪裡？不好意思，能不能麻煩您在地圖上圈出來？

A いいですよ。地図を見せてください。
可以啊。地圖請讓我看一下。

對日文初學者來說，要用日文開口去詢問事情是一件非常難的事。
但只要了解上述紅字的意思的話，應就能掌握住整句大概的意思。（請參考下頁單字）
所以就請加油提起勇氣去嘗試看看吧！

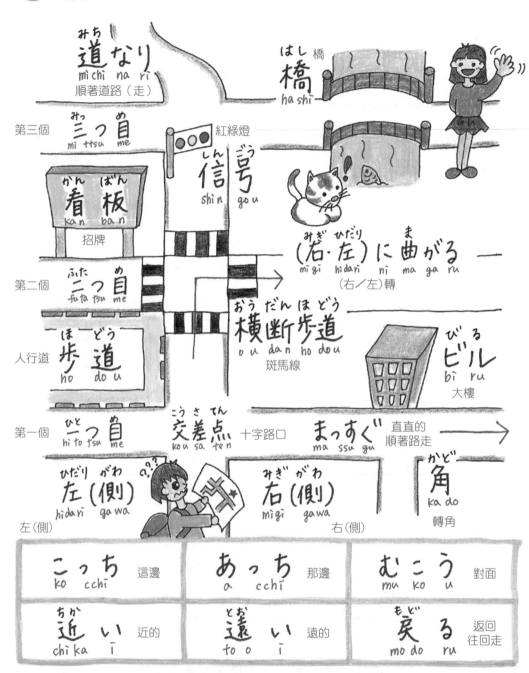

みち
道なり
michi na ri
順著道路（走）

はし 橋
橋
ha shi

第三個
みっ め
三つ目
mi ttsu me

紅綠燈

しん ごう
信号
shin gou

かん ばん
看板
kan ban
招牌

みぎ ひだり ま
(右・左)に曲がる
migi hidari ni ma ga ru
(右／左)轉

第二個
ふた め
二つ目
futa tsu me

おう だん ほ どう
横断歩道
ou dan ho dou
斑馬線

ほ どう
歩道
ho dou
人行道

びる
ビル
bi ru
大樓

第一個
ひと め
一つ目
hi to tsu me

こう さ てん
交差点
kou sa ten
十字路口

まっすぐ
massu gu
直直的
順著路走

ひだり がわ
左(側)
hidari ga wa
左(側)

みぎ がわ
右(側)
migi ga wa
右(側)

かど
角
ka do
轉角

こっち 這邊 ko cchi	あっち 那邊 a cchi	むこう 對面 mu ko u
ちか 近い 近的 chi ka i	とお 遠い 遠的 to o i	もど 戻る 返回 往回走 mo do ru

おし
教えていただいて、ありがとうございます。　謝謝您告訴我。
oshi e te i ta da i te a ri ga tou go za i ma su

Part
8
觀
光

ちょうちん
cho u chi n
燈籠

おみこし o mi ko shi 神轎

はっぴ
ha ppi
浴衣式的短外衣

うちわ
u chi wa
圓形竹扇

ゆかた
yu ka ta
浴衣
（單件式和服）

屋台
ya ta i
攤販

ホットドッグ
ho tto do ggu
熱狗

アメリカンドッグ
a me ri ka n do ggu
美式熱狗

磯辺焼き
i so be ya ki
醬燒海苔麻糬

じゃがバター
ja ga ba ta-
奶油馬鈴薯

いか焼き
i ka ya ki
烤魷魚

りんごあめ
ri n go a me
蘋果麥芽糖
（類似台灣的冰糖葫蘆）

べっこうあめ
be kko u a me
糖畫
（麥芽糖做成各種樣子）

わたあめ
wa ta a me
棉花糖

焼きとうもろこし
ya ki to u mo ro ko shi
烤玉米

ベビー・カステラ
be bi- ka su te ra
雞蛋糕

金魚すくい
ki n gyo su ku i
撈金魚

射的
sha te ki
標靶

おめん
o me n
面具

内野席・外野席 ないやせき がいやせき nai ya se ki　gai ya se ki	內野席／ 外野席	自由席・指定席 じゆうせき していせき ji yuu se ki　shi tei se ki	自由席／ 指定席
投手 とう しゅ to u　shu	投手	打者 だ しゃ da　sha	打者
バックネット裏 ばっくねっとうら ba kku ne tto u ra	本壘後方 的座位席	サイン（ボール・バット） さいん ぼおる ばっと sa i n　bo-ru　ba tto	簽名球／ 簽名球棒
ホークス*のファン ほおくす ふぁん ho-ku su no fa n	鷹隊 的球迷	ホームラン ほおむらん ho-mu ra n	全壘打

＊ ▢ 可替換其他球隊名稱。

 日本的職棒隊伍

日本職棒分為中央聯盟和太平洋聯盟，共有12支球隊。

這兩個聯盟的球隊都會在一年一次（10月左右）的日本職棒總冠軍賽中，爭奪日本第一的頭銜。

セントラルリーグ　中央聯盟	パシフィックリーグ　太平洋聯盟
読売ジャイアンツ（東京ドーム）・東京 獨賣巨人隊（東京巨蛋）／東京	北海道日本ハムファイターズ （札幌ドーム）・北海道 北海道日本火腿鬥士隊（札幌巨蛋）／北海道
東京ヤクルトスワローズ （神宮球場）・東京 東京養樂多燕子隊（神宮球場）／東京	東北楽天ゴールデンイーグルス （フルキャストスタジアム宮城）・仙台 東北樂天金鷹隊（宮城FULLCAST棒球場）／仙台
横浜DeNAベイスターズ（横浜スタジアム）・ 横浜　　横浜海灣星隊（横浜棒球場）／横濱	埼玉西武ライオンズ（西武ドーム）・埼玉 西武獅隊（西武巨蛋）／埼玉
中日ドラゴンズ（ナゴヤドーム）・名古屋 中日龍隊（名古屋巨蛋）／名古屋	千葉ロッテマリーンズ （千葉マリンスタジアム）・千葉 千葉羅德海洋隊（千葉MANINES棒球場）／千葉
阪神タイガース（甲子園球場）・大阪 阪神虎隊（甲子園球場）／大阪	オリックスバファローズ（スカイマークスタ ジアム・大阪ドーム）・神戸と大阪 歐力士猛牛隊（SKYMARK棒球場／大阪巨蛋） ／神戶和大阪
広島東洋カープ（広島市民球場）・広島 廣島東洋鯉魚隊（廣島市民球場）／廣島	福岡ソフトバンクホークス （福岡ドーム）・福岡 福岡軟體銀行鷹隊（原大榮鷹隊）（福岡巨蛋）／福岡

隊名　　　　主場　　　　所在地

の
　　　　　　　　　に 乗りたいです　　我想坐〜。
ni no ri ta i de su

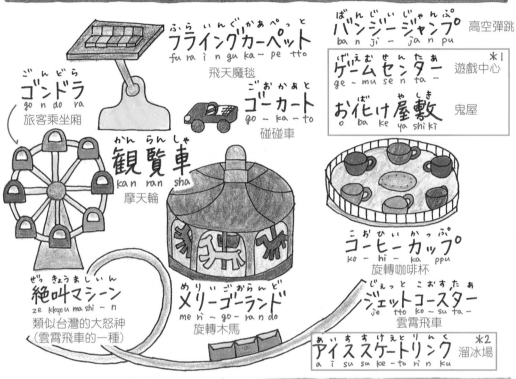

ぷらいんぐかあぺっと
フライングカーペット
fu ra i n gu ka - pe tto
飛天魔毯

ごんどら
ゴンドラ
gon do ra
旅客乘坐廂

ごおかあと
ゴーカート
go - ka - to
碰碰車

ばんじいじゃんぷ
バンジージャンプ　　高空彈跳
ban ji - jan pu

げえむせんたあ
ゲームセンター　　遊戲中心　＊1
ge - mu sen ta -

おばけやしき
お化け屋敷　　鬼屋
o ba ke ya shi ki

かんらんしゃ
観覧車
kan ran sha
摩天輪

こおひいかっぷ
コーヒーカップ
ko - hi - ka ppu
旋轉咖啡杯

ぜっきょうましいん
絶叫マシーン
ze kkyou ma shi - n
類似台灣的大怒神
（雲霄飛車的一種）

めりいごおらんど
メリーゴーランド
me ri - go - ran do
旋轉木馬

じぇっとこおすたあ
ジェットコースター
je tto ko - su ta -
雲霄飛車

あいすすけえとりんく　　　＊2
アイススケートリンク　　溜冰場
a i su su ke - to rin ku

Part
8
觀
光

にゅうじょうりょう
入場料　　入場費
nyuu jou ryou

のりものけん
乗り物券　　搭乘券
no ri mo no ken

わんでえぱすぽおと　いちにちけん
ワンデーパスポート（1日券）　一日券
wan de - pa su po - to ichi nichi ken

せいりけん・ぎょうれつ
整理券・行列
sei ri ken gyou re tsu
號碼單／隊伍

いちにちけん　おとな　まい　こども　まい／せいりけん
（1日券を大人2枚と子供1枚／整理券を）ください。
ichi nichi ken o o to na mai to ko do mo mai sei ri ken o ku da sa i
請給我（兩張大人及一張小孩的一日券／號碼單）。

なんじ　　く
何時に来ればいいですか？　　我要什麼時候來比較好？
nan ji ni ku re ba i i de su ka

整理券（號碼單）：在日本搭乘遊樂設施時，不需要在現場排隊等候，工作人員會給你「整理券」。有了「整理券」就不必一直在現場等，可以先去玩別的設施，節省時間。

＊1、＊2 這3個單字不能套入頁首句子，僅作參考。

かわいい〜♥
ka wa i i
好可愛(的)〜。

ゾウ
zo u
大象

パンダ
pa n da
熊貓

シマウマ
shi ma u ma
馬

ゴリラ
go ri ra
金剛

コアラ
ko a ra
無尾熊

クマ
ku ma
熊

シカ
shi ka
鹿

クジャク
ku ja ku
孔雀

カバ
ka ba
河馬

キリン
ki ri n
長頸鹿

カンガルー
ka n ga ru —
袋鼠

サイ
sa i
犀牛

ライオン
ra i o n
獅子

ワニ
wa ni
鱷魚

写真を撮ってくれますか？
sha shin o to tte ku re ma su ka
可以幫我照張相嗎？

エサをあげないでください。
e sa o a ge na i de ku da sa i
請勿餵食。

危険なので近づかないでください。
ki ke n na no de chi ka zu ka na i de ku da sa i
危險！請勿靠近。

柵に入らないでください。
sa ku ni hai ra na i de ku da sa i
請勿進入柵欄內。

□ が 好きです。 我喜歡～。
ga su ki de su

ペンギン
pe n gi n
企鵝

ペリカン
pe ri ka n
鵜鶘

オットセイ
o tto se i
海狗

アシカ
a shi ka
海獅

Part
8
觀
光

クジラ
ku ji ra
鯨魚

エイ
e i
鱝魚
（俗稱軟骨魚）

カメ
ka me
烏龜

シャチ
sha chi
虎鯨

イルカ
i ru ka
海豚

熱帯魚
ne ttai gyo
熱帶魚

サンゴ礁
san go shou
珊瑚礁

フグ
fu gu
河豚

タツノオトシゴ
ta tsu no o to shi go
海馬

サメ
sa me
鯊魚

マンボウ
man bo u
翻車魚

（イルカ・アシカ）のショーが14時から始まります。
i ru ka a shi ka no sho- ga ji ka ra ha ji ma ri ma su
（海豚／海獅）秀是從下午2點開始。

🐾 海豹：アザラシ；海象：セイウチ

神 道 shi n to u	神道	仏 教 bu kkyo u	佛教
山 門 sa n mo n	山門 （指廟宇的正門）	鳥 居 to ri i	鳥居（神社入口的建築）
本 尊 ho n zo n	本尊 （指寺廟中的正神）	神 体 shi n ta i	神體 （供奉在神社裡的器物不像寺廟裡供奉的是神像）
手 水 舍 te mi zu ya	手水舍 （洗手〔臉〕的地方，寺廟或神社裡都有）	賽 銭 箱 sa i se n ba ko	油錢箱 （寺廟或神社裡都有）

寺廟和神社

寺廟是佛教的廟宇，神社則是神道的。大多的寺廟裡都會有佛像，神社裡則會有神體。其次其參拜的方式也不相同。

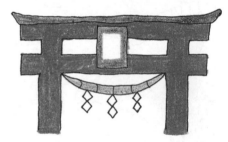

寺廟

1. 走過山門。
2. 在手水舍洗手漱口。
3. 把香插在香爐裡，點燃燈座上的蠟燭。
4. 把香油錢放進油錢箱裡。
5. 面對著本尊雙手合十。

因為不是神道，所以不用擊掌。

神社

1. 走過鳥居。
2. 在手水舍洗手漱口。
3. 把香油錢放進油錢箱裡。
4. 面對神體行兩次禮拍兩次手。
5. 再行一次禮。

所謂的拍手是「啪，啪」擊兩次手。

Part 8 觀光

65 御守 （護身符） 43

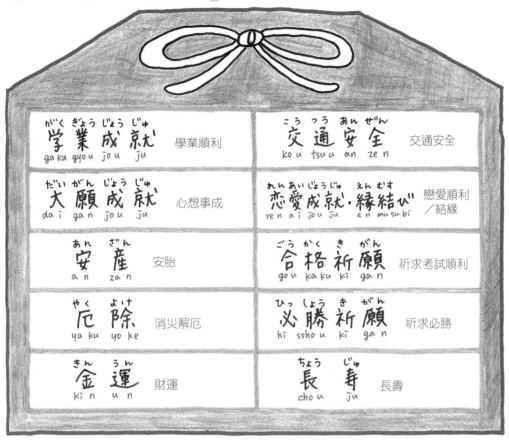

学業成就 ga ku gyou jou ju	學業順利	交通安全 ko tsuu an zen	交通安全
大願成就 dai gan jou ju	心想事成	恋愛成就・縁結び ren ai jou ju en mu su bi	戀愛順利／結緣
安産 an zan	安胎	合格祈願 gou ka ku ki gan	祈求考試順利
厄除 ya ku yo ke	消災解厄	必勝祈願 hi sshou ki gan	祈求必勝
金運 kin un	財運	長寿 chou ju	長壽

破魔矢 ha ma ya　破魔箭

おみくじ o mi ku ji　籤

絵馬 e ma　繪馬（寫上自己的心願，放置在神社祈求願望實現的木牌）

籤：籤上寫著「大吉、吉、中吉、小吉、半吉、末吉、末小吉、凶、小凶、半凶、末凶、大凶」等的運勢。哪隻籤是代表好運，會因為神社或寺廟的不同而不一樣。
基本上「吉」是代表好運，而「凶」則是代表厄運。若是抽到「凶」等代表厄運的籤時，日本人認為「將凶籤用慣用手和相反的手來打結的話，即表示達成艱困的行動，算是完成一種修行，可逢凶化吉」，因此有將籤繫在院內樹上的習慣。

ゆざめ
yu za me

剛洗完澡時身體發冷。

いい湯だな～。
i i yu da na

真是好溫泉啊！

失礼します。お布団を敷きに参りました。
shi tsu re i shi ma su o fu to n o shi ki ni ma i ri ma shi ta

不好意思，
我是來舖被子的。

お食事はお部屋にお持ちしましょうか？
o sho ku ji wa o he ya ni o mo chi shi ma sho u ka

您要在房間裡
用餐嗎？

はい。／（食堂・レストラン）で食べます。
ha i sho ku do u re su to ra n de ta be ma su

是的。／不，（我要）
在（食堂／餐廳）用餐。

お風呂は何時から何時までですか？
o fu ro wa na n ji ka ra na n ji ma de de su ka

澡堂是從幾點到幾點呢？

泡溫泉的方法

1. 溫泉因為是共用的，所以下去泡之前要先將身體洗乾淨。

2. 嚴禁將自己帶來的毛巾浸到溫泉水裡，通常日本人都會把毛巾放在頭上泡湯。

3. 泡湯時間依溫泉種類而不同，但第一次最好是3～10分鐘左右，等
習慣後再慢慢延長時間。而泡湯的次數一天2～3次為最適當。

4. 避免因沖洗而造成溫泉物質的流失，讓溫泉裡對身體好的物質
在泡湯之後一點一點的從皮膚滲透到體內，所以泡湯後不一定要
用水或熱水直接沖洗身體，當然易過敏體質的人另當別論。

5. 有以下症狀時應避免泡湯：
   ● 急性疾病（特別是發燒時）
   ● 開放性肺結核患者　　　　● 惡性腫瘤
   ● 重大心臟病患者　　　　　● 有呼吸障礙的患者
   ● 腎功能不全的患者　　　　● 嚴重貧血的患者
   ● 具出血性疾病的患者
   ● 孕婦（特別是剛懷孕或即將臨盆時）
   ● 其他一般病人。

 温泉に入る（泡溫泉） 44

按照下列的順序，就可以安心地享受溫泉的樂趣喔！

1 脱衣所で服を脱ぎ、タオルだけで浴場へ入る。

在更衣處脫衣，僅帶毛巾進去浴池。

4 タオルをお湯に入れないように、温泉に入ろう！

泡溫泉時，毛巾不要下水。

2 シャンプーやボディーソープを持って入っても OK!

可以帶沐浴洗髮精或香皂等。

5 上がるときにはシャワーで軽く体を流そう。

泡好起來後，簡單沖一下身體。

3 最初に体と髪の毛をよく洗う。

最開始時身體、頭髮洗乾淨。

6 脱衣所に戻るときには、タオルで軽く体をふこう。

回到更衣室時，要用毛巾把身體擦乾淨。

 温泉の規則（泡溫泉規則）

到日本泡溫泉，要遵守規則喔！不要變成別人眼中失格的旅客。

かけ湯
泡溫泉前的潑浴

湯船
溫泉池

上がり湯
泡溫泉後的潑浴

貸切風呂
溫泉包廂

写真・動画の撮影をしないでください。

請不要拍照或攝影。

タオルを湯船に入れないでください。

不要將毛巾帶入池裡。

おむつの取れていないお子さまについては、
入浴をお断りしております。

還沒戒尿布的小朋友，請勿入池。

入れ墨のある方のご利用・
ご入場はお断りしております。

刺青者謝絕進入。

□ に 効果 が あります。　對～很有療效。
　　こう か
ni ko u ka ga a ri ma su

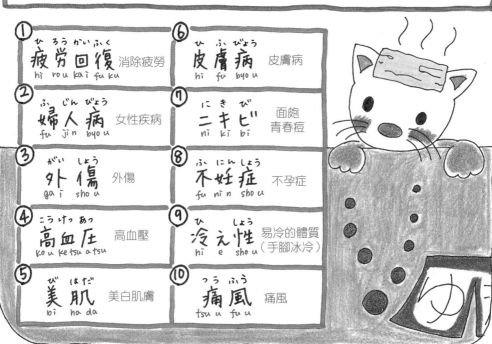

① 疲労回復　消除疲勞
ひ ろう かい ふく
hi rou kai fu ku

② 婦人病　女性疾病
ふ じん びょう
fu jin byou

③ 外傷　外傷
がい しょう
gai shou

④ 高血圧　高血壓
こう けつ あつ
kou ketsu atsu

⑤ 美肌　美白肌膚
び はだ
bi hada

⑥ 皮膚病　皮膚病
ひ ふ びょう
hi fu byou

⑦ ニキビ　面皰
に き び　青春痘
ni ki bi

⑧ 不妊症　不孕症
ふ にん しょう
fu nin shou

⑨ 冷え性　易冷的體質
ひ え しょう　（手腳冰冷）
hi e shou

⑩ 痛風　痛風
つう ふう
tsu u fu u

泉　質　溫泉物質
せん　しっ
se n　shi tsu

硫黄①②⑥ 硫磺 い おう	塩化物①③⑥⑧＋更年期障害 鹽化物 えん か ぶつ　こうねんき しょうがい
含鉄①＋貧血症 含鐵 がん てつ　ひんけつしょう	含銅・鉄①④ 含銅／鐵 がん どう てつ
含アルミニウム①⑤⑥＋眼病 含鋁 がん ある み に う む　がん びょう	酸性①⑥ 酸性 さん せい
炭酸水素塩①③⑤⑥⑩ 碳酸氫鹽 たん さん すい そ えん	二酸化炭素①④ 二氧化碳 に さん か たんそ
放射能①②③⑩＋循環器障害 放射能 ほう しゃ のう　＊じゅんかんき しょうがい	硫酸塩①③⑩ 硫酸鹽 りゅう さん えん

＊表示此物質對上方框內的①②③⑩症狀有療效。

Part
8
觀
光

＿＿＿＿ ないでください。　請勿～。
na i de ku da sa i

写真を撮ら
sha shin o to ra
請勿照相。

展示品に触ら
ten ji hin ni sa wa ra
請勿觸碰展示品。

私語をし
shi go o shi
請勿交談。

食べ物を食べ
ta be mo no o ta be
請勿飲食。

中国語の（パンフレット・音声ガイド）はありますか？
chu u go ku go no pan fu re tto on sei ga i do　wa a ri ma su ka
請問有中文的（導引手冊／語音導覽）嗎？

何を展示していますか？　現在正在展覽什麼呢？
na ni o ten ji shi te i ma su ka

このボタンを押したら（映像・音声ガイド）が始まります。
ko no bo ta no o shi ta ra ei zou on sei ga i do ga ha ji ma ri ma su
按下這個按鈕就可以啟動（動畫／語音導覽）。

展示物　展示物
ten ji bu tsu

作品　作品
sa ku hin

アトリエ　工作室
a to ri e

催し物　集會
moyo o shi mo no　藝文活動

ミュージアムショップ　博物館販賣中心
myu ~ ji a mu sho ppu

ギャラリー　美術展覽
gya ra ri ~　迴廊；畫廊

図書閲覧室　圖書閱覽室
to sho e tsu ran shi tsu

バリアフリー　無障礙空間
ba ri a fu ri ~

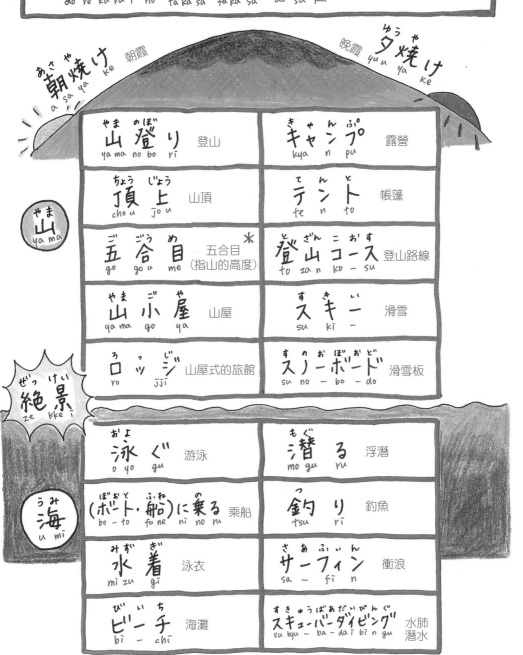

どれくらいの（高さ／深さ）ですか？
do re ku ra i no taka sa fuka sa do su ka
有多（高／深）呢？

あさやけ 朝焼け 朝霞
a sa ya ke

晩霞 夕焼け
yuu ya ke

やま
山
ya ma

山登り yama no bo ri	登山	キャンプ kya n pu	露營
頂上 chou jou	山頂	テント te n to	帳篷
五合目 go gou me	五合目（指山的高度）＊	登山コース to zan ko-su	登山路線
山小屋 yama go ya	山屋	スキー su ki-	滑雪
ロッジ ro jji	山屋式的旅館	スノーボード su no-bo-do	滑雪板

ぜっけい 絶景
ze kke i

うみ
海
u mi

泳ぐ o yo gu	游泳	潜る mo gu ru	浮潛
（ボート・船）に乗る bo-to fune ni no ru	乘船	釣り tsu ri	釣魚
水着 mi zu gi	泳衣	サーフィン sa- fi n	衝浪
ビーチ bi-chi	海灘	スキューバーダイビング su kyu-ba-dai bi n gu	水肺潛水

＊ 「合」是指山的高度。
ごう

81

🐾 公衆電話 はどこですか？ 請問公共電話在哪裡？
kou shuu den wa　wa do ko de su ka

🐾 電話番号 は ＿＿＿＿＿ です。 電話號碼是～。
den wa ban gou　wa　　　　　　　de su

🐾 伝言 をお願いします。 請幫我留個言。
den gon　o o ne ga i shi ma su

🐾 この電話で 国際電話 がかけられますか？ 這個電話可以撥打國際電話嗎？
ko no den wa de　koku sai den wa　ga ka ke ra re ma su ka

🐾 電話帳 はありますか？ 有電話簿嗎？
den wa chou　wa a ri ma su ka

🐾 内線 は何番ですか？ 分機是幾號？
nai sen　wa nan ban de su ka

🐾 話し中です。もう一度おかけ直しください。 通話中，請再重打一次。
ha na shi chuu de su　mo u ichi do o ka ke nao shi ku da sa i

🐾 コレクト・コール でお願いします。 我要打對方付費電話。
ko re ku to　ko - ru　de o ne ga i shi ma su

🐾 テレホンカード をください。 我要買電話卡。
te re ho n ka - do　o ku da sa i

🐾 由日本撥打電話回台灣，如：（02）2365-9739。

國際冠碼	+國碼	+區域號碼	+對方的電話號碼
001＋010(KDDI) 或 0041(日本テレコム) 或 日本通信 0061(IDC)	886(台灣)	2（區域號碼的「0」要去掉）	2365-9739

1. 一般電話可利用上述方法直接撥電話回台灣。

2. 利用行動電話撥回台灣，則要看機種。有的不能撥打，有的是與電話公司簽好合約後就可以撥打。

3. 利用公共電話撥打時，要看清楚該機是否可打國際電話，並需購買國際電話卡。

もしもし、鈴木さんのお宅ですか？
mo shi mo shi   suzuki san no o taku de su ka
喂，請問是鈴木家嗎？

はい、どちら様でしょうか？
ha i do chi ra sama de sho u ka
是的，請問你是哪位？

林と申しますが、香さんはいらっしゃいますか？
to mo u shi ma su ga   san wa i ra ssha i ma su ka
我姓林，請問小香小姐在嗎？

はい、少々お待ちください。
ha i shoushou o ma chi ku da sa i
她在，請你稍等一下。

Ⓐ

香は今留守にしていますが。
wa i ma ru su ni shi te i ma su ga
小香現在不在家。

Ⓑ

分かりました。後ほどまた電話をします。
wa ka ri ma shi ta   no chi ho do ma ta den wa o shi ma su
Ⓑ1 我知道了，我待會再打。

林から電話があったことを伝えていただけますか？
ka ra den wa ga a tta ko to o tsutae te i ta da ke ma su ka
Ⓑ2 可以麻煩妳幫我轉告小香說有位林小姐打電話給她嗎？

伝言をお願いできますか？
den gon o o ne ga i de ki ma su ka
Ⓑ3 可以麻煩你幫我留個言嗎？

失礼します。
shi tsu re i shi ma su
再見。

 紅字部分可以替其他的名字。

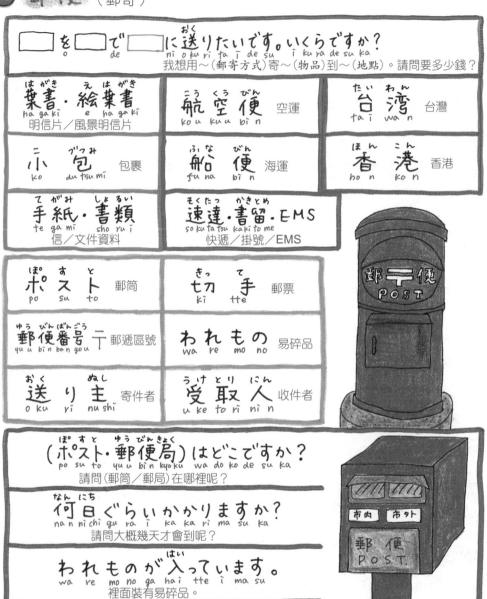

□ を □ で □ に 送りたいです。いくらですか？
ni o ku ri ta i de su   i ku ra de su ka

我想用～(郵寄方式)寄～(物品)到～(地點)。請問要多少錢？

葉書・絵葉書	航空便	台湾
ha ga ki　e ha ga ki	kou kuu bin　空運	tai wan　台灣
明信片／風景明信片		

小包	船便	香港
ko du tsu mi　包裹	fu na bin　海運	hon kon　香港

手紙・書類	速達・書留・EMS
te ga mi　sho rui	so ku ta tsu kaki to me
信／文件資料	快遞／掛號／EMS

ポスト	切手
po su to　郵筒	ki tte　郵票

郵便番号 〒	われもの
yu u bin ban gou　郵遞區號	wa re mo no　易碎品

送り主	受取人
o ku ri nu shi　寄件者	u ke to ri ni n　收件者

(ポスト・郵便局)はどこですか？
po su to   yu u bin kyoku   wa do ko de su ka

請問(郵筒／郵局)在哪裡呢？

何日ぐらいかかりますか？
nan ni chi gu ra i   ka ka ri ma su ka

請問大概幾天才會到呢？

われものが入っています。
wa re mo no ga hai tte i ma su

裡面裝有易碎品。

書き方を教えてください。
ka ki ka ta o o shi e te ku da sa i

請教我書寫方式。

50円切手を2枚ください。*
en ki tte o   mai ku da sa i

請給我2張50元郵票。

※紅字部分可替換其他的數字。

□ に替えてください。 請幫我換成～。
ni ka e te ku da sa i

細かいお金　零錢
ko ma ka i o ka ne

トラベラーズ・チェックを現金
to ra be ra - zu che kku o gen kin
把旅行支票換成現金。

（千円・二千円・五千円）札
sen en　ni sen en　go sen en　sa tsu
（一千元／二千元／五千元）紙鈔

日本円　日幣
ni hon en

銀行はどこですか？　請問銀行在哪裡呢？
gin kou wa do ko de su ka

このカードは使えますか？
ko no ka - do wa tsu ka e ma su ka
請問（這裡）可以使用
這張信用卡嗎？

両替してください。　請幫我兌換（換錢）。
ryo u ga e shi te ku da sa i

パスポートを見せてください。麻煩讓我看一下護照。
pa su po - to o mi se te ku da sa i

ここにサインをお願いします。麻煩在這簽名。
ko ko ni sa i n o o ne ga i shi ma su

（キャッシュ・クレジット）カード
kya sshu　ku re ji tto　ka - do
金融卡／
信用卡

レート　匯率
re - to

残高照会　查詢餘額
zan da ka sho u ka i

トラベラーズ・チェック
to ra be ra - zu　che kku
旅行支票

いらっしゃいませ、ご希望（きぼう）のお取引（とりひきぼたん）ボタンを押（お）してください。

歡迎光臨，請按下你所需的交易按鈕。

| 引（ひ）き出（だ）し　領款 | ご預金（よきん）・ご入金（にゅうきん）　存款 |

| お振込（ふりこ）み　轉帳／匯款 | ワールドキャッシュ（海外両替（かいがいりょうがえか）カード（あど））
海外兌外幣卡（可在國外直接提領外幣的金融卡） |

カードを入（い）れてください。　請插入卡片。

通帳　カード

暗証番号（あんしょうばんごう）を押（お）してください。　請輸入密碼。

暗証番号　＊＊＊
1 2 3 訂

金額（きんがく）を押（お）してください。　請輸入金額。

よろしければ確認（かくにん）ボタンを押（お）してください。　若無問題，請按確認鍵。

金額　　　円
1 2 3 千円
4 5 6 万円
7 8 9

取引科目（とりひきかもく）の種類（しゅるい）を押（お）してください。　請選擇交易種類。

当座預金　クレジット
普通預金　その他

| 当座預金（とうざよきん）
活期存款（支票存款） | 普通預金（ふつうよきん）
普通活期存款（存摺存款） | クレジットカード（くれじっとかあど）
信用卡 |

お取引金額（とりひききんがく）と口座（こうざ）の残高（ざんだか）をご確認（かくにん）の上（うえ）、

確認（かくにん）またはご利用明細証発行（りょうめいさいしょうはっこう）を押（お）してください。

確認交易金額及帳戶餘額後，請按確認鍵或選擇列印明細表。

確認
明細発行

カードをお受（う）け取（と）りください。　請取出卡片。

紙幣（しへい）をお受（う）け取（と）りください。　請收取現金。

ありがとうございました。　謝謝。

🐾 上述為日本銀行ATM出現的畫面文字。有機會在日本提領現金時，對照上述文字即可順利領出
現金。不過記得要找有提供國際跨領的銀行。

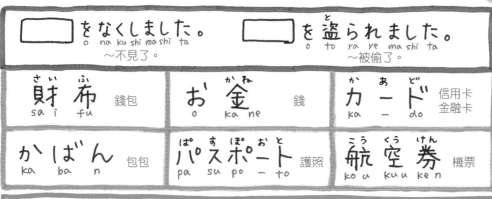

☐ を なくしました。
o na ku shi ma shi ta
〜不見了。

☐ を 盗られました。
o to ra re ma shi ta
〜被偷了。

財布 錢包
sa i fu

お金 錢
o ka ne

カード 信用卡 金融卡
ka - do

かばん 包包
ka ba n

パスポート 護照
pa su po - to

航空券 機票
ko u ku u ke n

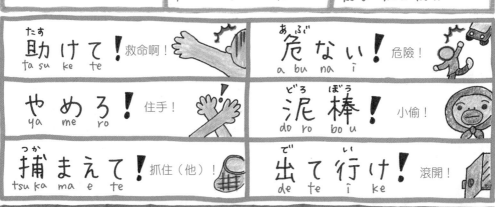

助けて！ 救命啊！
ta su ke te

危ない！ 危險！
a bu na i

やめろ！ 住手！
ya me ro

泥棒！ 小偷！
do ro bo u

捕まえて！ 抓住（他）！
tsu ka ma e te

出て行け！ 滾開！
de te i ke

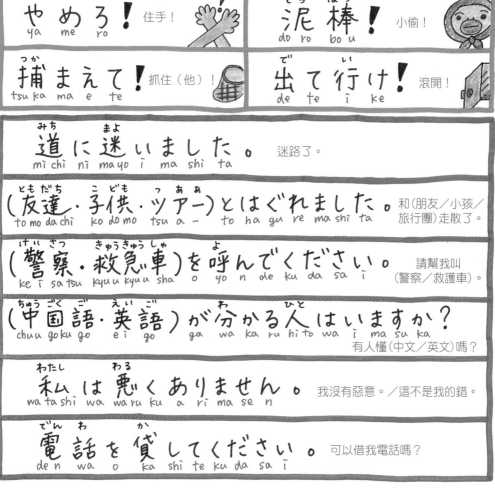

道に迷いました。 迷路了。
mi chi ni ma yo i ma shi ta

（友達・子供・ツアー）とはぐれました。 和(朋友/小孩/旅行團)走散了。
to mo da chi ko do mo tsu a - to ha gu re ma shi ta

（警察・救急車）を呼んでください。 請幫我叫(警察/救護車)。
ke i sa tsu kyu u kyu u sha o yo n de ku da sa i

（中国語・英語）が分かる人はいますか？ 有人懂(中文/英文)嗎？
chu u go ku go e i go ga wa ka ru hi to wa i ma su ka

私は悪くありません。 我沒有惡意。／這不是我的錯。
wa ta shi wa wa ru ku a ri ma se n

電話を貸してください。 可以借我電話嗎？
de n wa o ka shi te ku da sa i

Part
10
糾
紛

110（警察）<ruby>警察<rt>ke i sa tsu</rt></ruby>　110 警察　・119（消防車・救急車）<ruby>しょう ぼう しゃ<rt>sho u bo u sha</rt></ruby> <ruby>きゅうきゅうしゃ<rt>kyuu kyuu sha</rt></ruby>　119 消防車／救護車

STEP 1

□ です。
de su
是～

□ にあいました。
ni a i ma shi ta
碰到～了。

<ruby>火事<rt>ka ji</rt></ruby>　火災

<ruby>スリ<rt>su ri</rt></ruby>　扒手

<ruby>ひったくり<rt>hi tta ku ri</rt></ruby>　強盗

<ruby>事故<rt>ji ko</rt></ruby>　交通事故

<ruby>ちかん<rt>chi ka n</rt></ruby>　色狼

<ruby>泥棒<rt>do ro bo u</rt></ruby>　小偷

STEP 2　説明發生地點

STEP 3　説明自己的姓名、電話

● AMDA 国際医療情報センター　AMDA國際醫療資訊中心
● 東京：03−5285−8088／03−5285−8181（月〜金　9時〜17時まで）
　　　　　　　　　　　　　　　　　　（星期一〜星期五　9點〜17點）
● 大阪：06−6636−2333（月〜金　9時〜17時）　（星期一〜星期五　9點〜17點）

● ジャパンヘルプライン　日本救援專線（JAPAN HELP LINE）
● 0120−461−997（フリーダイヤル）（免付費電話）

台灣駐日代表處

位置	名稱	住址	電話
東京	台北駐日経済文化代表処	東京都港区白金台5−20−2	03-3280-7811
横浜 橫濱	台北駐日経済文化代表処 横浜分処	横浜市中区日本大通り60番地 朝日生命ビル2階　（朝日生命大樓2樓）	045-641-7736〜8
大阪	台北駐大阪経済文化弁事処	大阪市西区土佐堀1−4−8 日栄ビル4階　（日榮大樓4樓）	06-6443-8481〜7
福岡	台北駐大阪経済文化弁事処 福岡分処	福岡市中央区桜坂3−12−42 （福岡市中央區櫻坂3-12-42）	092-734-2810〜2

□ はどこですか？ 請問～在哪裡呢？
wa do ko de su ka

□ に 連れて 行ってください。 請帶我去～。
ni tsu re te i tte ku da sa i

薬局 藥局
ya kkyo ku

くすり

病院 醫院
byo u i n

感冒症状

かぜをひいた 感冒了
ka ze o hi i ta

気持ちが悪い 不舒服；想吐
ki mo chi ga wa ru i

寒気がする 畏寒
sa mu ke ga su ru

(お腹・喉)が痛い 肚子痛／喉嚨痛
o na ka no do ga i ta i

(具合・気分・顔色)が悪い
gu a i ki bu n kao iro ga wa ru i
（身體狀況／心情／臉色）不好

熱がある 發燒
ne tsu ga a ru

せきが出る 咳嗽
se ki ga de ru

鼻水が出る 流鼻水
ha na mi zu ga de ru

鼻づまり 鼻塞
ha na zu ma ri

体がだるい 全身無力
ka ra da ga da ru i

□ がします。 有～感覺；覺得～
ga shi ma su

めまい 頭暈 目眩
me ma i

吐き気 想吐
ha ki ke

寒気 畏寒
sa mu ke

頭痛 頭痛
zu tsu u

けが1（体全体の名称）（受傷1『身體部位名稱』）

ここにけがをしました。 這裡受傷了。
ko ko ni ke ga o shi ma shi ta

ここ が 痛いです。 這裡好痛。
ko ko ga i ta i de su

🐾 下方單字可填入 ☐ 內。

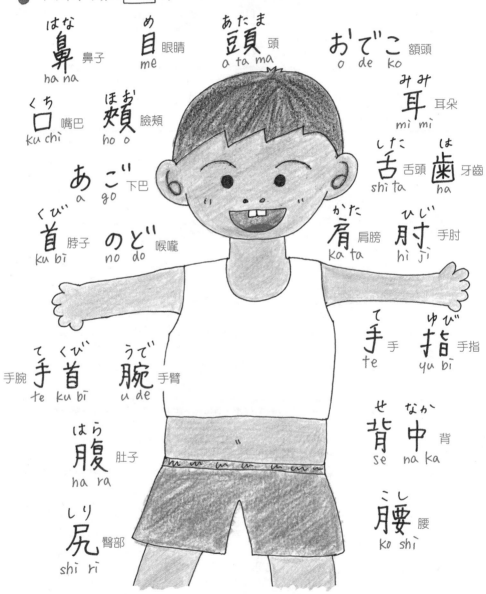

はな
鼻 鼻子
ha na

め
目 眼睛
me

あたま
頭 頭
a ta ma

おでこ 額頭
o de ko

くち
口 嘴巴
ku chi

ほお
頬 臉頰
ho o

みみ
耳 耳朵
mi mi

あご 下巴
a go

した
舌 舌頭
shi ta

は
歯 牙齒
ha

くび
首 脖子
ku bi

のど 喉嚨
no do

かた
肩 肩膀
ka ta

ひじ
肘 手肘
hi ji

て
手 手
te

ゆび
指 手指
yu bi

てくび
手腕 手首
te ku bi

うで
腕 手臂
u de

はら
腹 肚子
ha ra

せ
背
se

なか
中 背
na ka

こし
腰 腰
ko shi

しり
尻 臀部
shi ri

Part
10
糾
紛

90

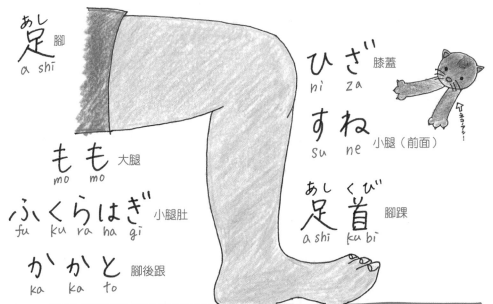

足 脚
a shi

ひざ 膝蓋
ni za

すね 小腿（前面）
su ne

もも 大腿
mo mo

ふくらはぎ 小腿肚
fu ku ra ha gi

足首 脚踝
a shi ku bi

かかと 脚後跟
ka ka to

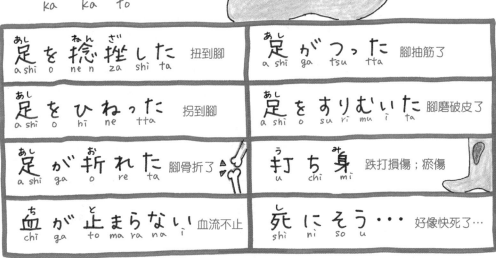

足を捻挫した 扭到脚
a shi o nen za shi ta

足がつった 脚抽筋了
a shi ga tsu tta

足をひねった 拐到脚
a shi o hi ne tta

足をすりむいた 脚磨破皮了
a shi o su ri mu i ta

足が折れた 脚骨折了
a shi ga o re ta

打ち身 跌打損傷；瘀傷
u chi mi

血が止まらない 血流不止
chi ga to ma ra na i

死にそう… 好像快死了…
shi ni so u

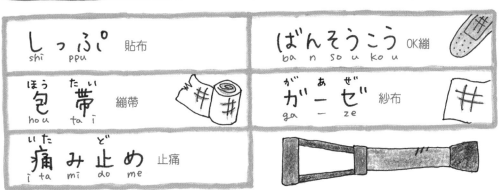

しっぷ 貼布
shi ppu

ばんそうこう OK繃
ba n so u ko u

包帯 繃帶
hou ta i

ガーゼ 紗布
ga - ze

痛み止め 止痛
i ta mi do me

Part 10 糾 紛

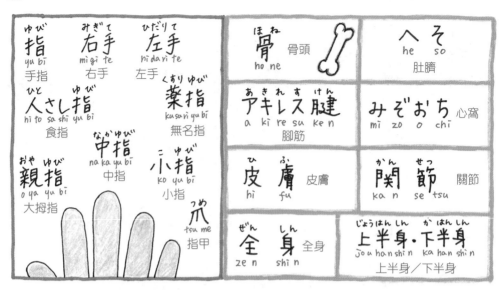

指 ゆび yu bi 手指	右手 みぎて mi gi te 右手	左手 ひだりて hi da ri te 左手
人さし指 ひと ゆび hi to sa shi yu bi 食指		薬指 くすり ゆび kusa ri yu bi 無名指
	中指 なか ゆび na ka yu bi 中指	小指 こ ゆび ko yu bi 小指
親指 おや ゆび o ya yu bi 大拇指		爪 つめ tsu me 指甲

骨 ほね ho ne 骨頭	へそ he so 肚臍
アキレス腱 あ き れ す けん a ki re su ke n 腳筋	みぞおち み zo o chi 心窩
皮膚 ひ ふ hi fu 皮膚	関節 かん せつ ka n se tsu 關節
全身 ぜん しん ze n shi n 全身	上半身・下半身 じょうはんしん かはんしん jou han shi n ka han shi n 上半身／下半身

けが4（内臓の名称）

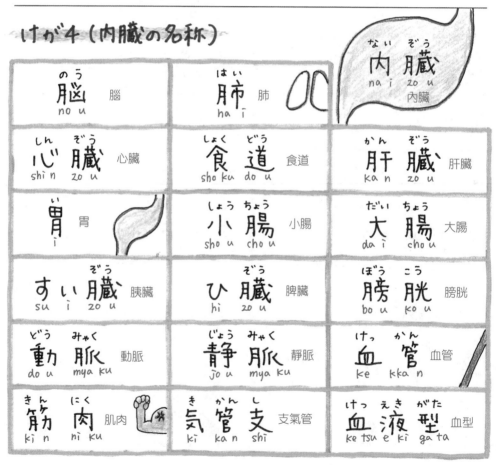

脳 のう no u 腦	肺 はい ha i 肺	内臓 ない ぞう na i zo u 內臟
心臓 しん ぞう shi n zo u 心臟	食道 しょく どう sho ku do u 食道	肝臓 かん ぞう ka n zo u 肝臟
胃 い i 胃	小腸 しょう ちょう sho u cho u 小腸	大腸 だい ちょう da i cho u 大腸
すい臓 す い ぞう su i zo u 胰臟	ひ臓 ぞう hi zo u 脾臟	膀胱 ぼう こう bo u ko u 膀胱
動脈 どう みゃく do u mya ku 動脈	静脈 じょう みゃく jo u mya ku 靜脈	血管 けっ かん ke kka n 血管
筋肉 きん にく ki n ni ku 肌肉	気管支 き かん し ki kan shi 支氣管	血液型 けっ えき がた ke tsu e ki ga ta 血型

Part
10
糾
紛

はれた　腫了
ha re ta

かゆい　癢
ka yu i

じんましん　蕁麻疹
ji n ma shi n

虫さされ　蟲咬
mu shi sa sa re

日焼け　曬傷
hi ya ke

にきび　青春痘
ni ki bi

やけど　燙傷
ya ke do

赤い斑点　紅色斑點
a ka i han ten

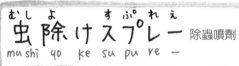

虫除けスプレー　除蟲噴劑
mu shi yo ke su pu re ー

スプレー

病人 ：□かもしれない。
ka mo shi re na i
可能是～。

醫生 ：□です。 是～。
de su

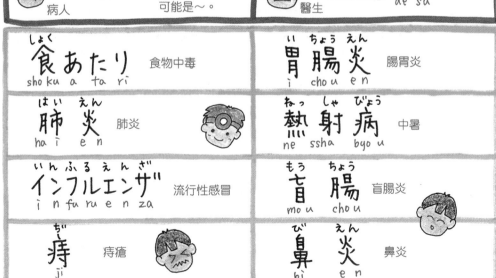

食あたり　食物中毒
sho ku a ta ri

胃腸炎　腸胃炎
i chou en

肺炎　肺炎
ha i en

熱射病　中暑
ne ssha byo u

インフルエンザ　流行性感冒
i n fu ru e n za

盲腸　盲腸炎
mo u chou

痔　痔瘡
ji

鼻炎　鼻炎
bi en

Part 10 糾紛

がたがた ga ta ga ta （打顫發抖）哆哆嗦嗦	体が がたがた 震える。 karada ga ga ta ga ta fu ru e ru 身體哆哆嗦嗦的直發抖。	
からから ka ra ka ra 乾巴巴的樣子	喉が からから。 no do ga ka ra ka ra　喉嚨乾到不行。	
がんがん ga n ga n 形容頭 像被撞擊般的疼痛	頭が がんがん する。 頭痛欲裂。 a ta ma ga ga n ga n su ru	
ごろごろ go ro go ro （肚子、眼睛等） 咕嚕咕嚕的樣子	お腹が ごろごろする。目の中が ごろごろする。 o na ka ga go ro go ro su ru　me no na ka ga go ro go ro su ru 肚子咕嚕咕嚕叫。眼珠咕嚕咕嚕的轉。	
ぐるぐる gu ru gu ru （眼睛）圓溜溜的； （肚子）咕嚕咕嚕叫	目が ぐるぐる 回る。お腹が ぐるぐるなる。 me ga gu ru gu ru mawa ru　o na ka ga gu ru gu ru na ru 眼睛圓溜溜的打轉。肚子咕嚕咕嚕叫。	
ぺこぺこ pe ko pe ko 形容肚子 餓扁了的狀態	お腹が すいて ぺこぺこ。 o na ka ga su i te pe ko pe ko 肚子餓到前胸貼後背。	
ふらふら fu ra fu ra 形容頭暈 走路跟蹌的樣子	頭が ふらふら。お腹が すいて ふらふら。 a ta ma ga fu ra fu ra　o na ka ga su i te fu ra fu ra 頭暈目眩。餓到步履蹣跚。	
ぞくぞく zo ku zo ku 形容打冷顫的樣子	体が ぞくぞくする。 身體冷到 ka ra da ga zo ku zo ku su ru 直發抖	
きりきり ki ri ki ri （形容像針刺般的） 疼痛；抽痛	胃が きりきり 痛い。 胃像針扎般 i ga ki ri ki ri i ta i 的抽痛。	
ずきずき zu ki zu ki （形容像脈搏 跳動般的）陣痛	傷が ずきずき 痛い。 ki zu ga zu ki zu ki i ta i 傷口傳來陣陣的疼痛。	

Part
10
糾
紛

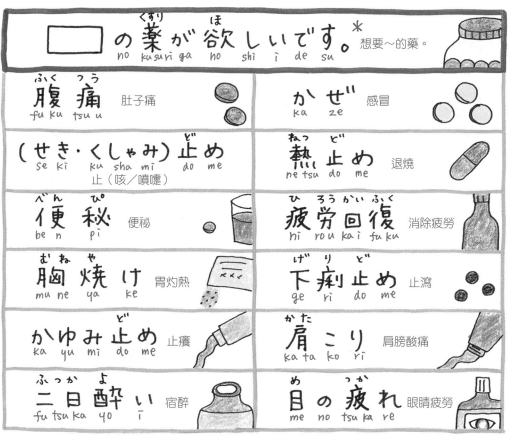

□ の薬が欲しいです。＊ 想要～的藥。
kusuri ga ho
no ku su ri ga no shi i de su

腹痛 肚子痛	かぜ 感冒
fu ku tsu u	ka ze
（せき・くしゃみ）止め	熱止め 退燒
se ki ku sha mi do me	ne tsu do me
止（咳／噴嚔）	
便秘 便祕	疲労回復 消除疲勞
be n pi	hi rou kai fu ku
胸焼け 胃灼熱	下痢止め 止瀉
mu ne ya ke	ge ri do me
かゆみ止め 止癢	肩こり 肩膀酸痛
ka yu mi do me	ka ta ko ri
二日酔い 宿醉	目の疲れ 眼睛疲勞
fu tsu ka yo i	me no tsu ka re

＊到藥房時可使用此句型。

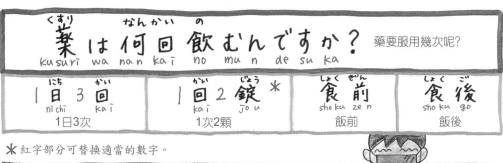

薬は何回飲むんですか？ 藥要服用幾次呢？
kusuri wa nan kai no mu n de su ka

1日3回	1回2錠＊	食前	食後
ni chi kai	kai jou	sho ku ze n	sho ku go
1日3次	1次2顆	飯前	飯後

＊紅字部分可替換適當的數字。

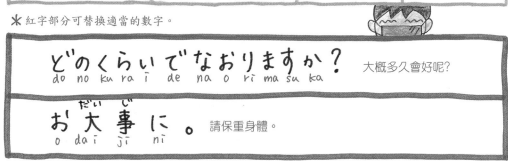

どのくらいでなおりますか？ 大概多久會好呢？
do no ku ra i de na o ri ma su ka

お大事に。 請保重身體。
o dai ji ni

84 持病（宿疾）

じ びょう
持病 は ありますか？　有宿疾嗎？
ji byou wa a ri ma su ka

です。　是～。
de su

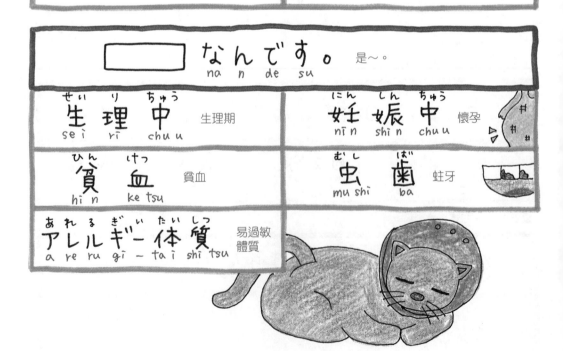

つう ふう 通 風　痛風 tsu u fu u	とう にょう びょう 糖 尿 病　糖尿病 to u nyo u byo u
てい けっ あっ 低 血 圧　低血壓 te i ke tsu a tsu	こう けっ あっ 高 血 圧　高血壓 ko u ke tsu a tsu
しん ぞう びょう 心 臓 病　心臟病 shi n zo u byo u	か ふん しょう 花 粉 症　花粉症 ka fu n sho u
ぜんそく　氣喘 ze n so ku	よう つう 腰 痛　腰痛 yo u tsu u

なんです。　是～。
na n de su

せい り ちゅう 生 理 中　生理期 se i ri chu u	にん しん ちゅう 妊 娠 中　懷孕 ni n shi n chu u
ひん けっ 貧 血　貧血 hi n ke tsu	むし ば 虫 歯　蛀牙 mu shi ba
あ れ る ぎ い たい しつ アレルギー体質　易過敏 a re ru gi - ta i shi tsu　體質	

Part
10
糾
紛

| 医者 い しゃ i sha 醫生 | 看護士 かん ゴ し kan go shi 護士 |

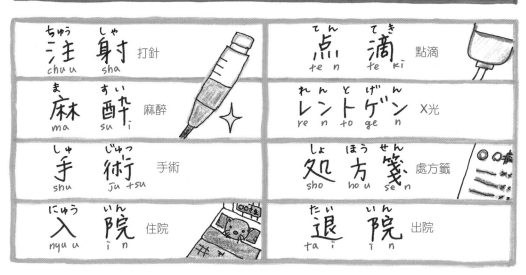

内科 ない か nai ka 內科	外科 げ か ge ka 外科	耳鼻科 じ び か ji bi ka 耳鼻喉科
歯科 し か shi ka 牙科	小児科 しょう に か sho u ni ka 小兒科	眼科 がん か ga n ka 眼科
産婦人科 さん ふ じん か san fu jin ka 婦產科	泌尿器科 ひ にょう き か hi nyo u ki ka 泌尿科	皮膚科 ひ ふ か hi fu ka 皮膚科

注射 ちゅう しゃ chu u sha 打針	点滴 てん てき te n te ki 點滴
麻酔 ま すい ma su i 麻醉	レントゲン れん と げん re n to ge n X光
手術 しゅ じゅっ shu ju tsu 手術	処方箋 しょ ほう せん sho hou se n 處方籤
入院 にゅう いん nyu u i n 住院	退院 たい いん ta i i n 出院

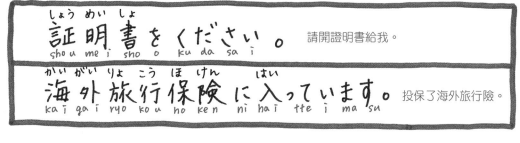

証明書をください。 しょう めい しょ sho me i sho o ku da sa i 請開證明書給我。

海外旅行保険に入っています。 かい がい りょ こう ほ けん はい ka i ga i ryo ko u ho ke n ni ha i tte i ma su 投保了海外旅行險。

86 自己紹介 （自我介紹）

Part 11 會話

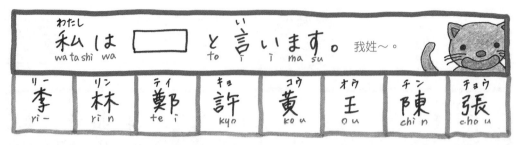

私 (わたし) は □ と 言 (い) います。　我姓～。
wa ta shi wa　　　to i i ma su

李	林	鄭	許	黃	王	陳	張
リー ri-	リン rin	テイ tei	キョ kyo	コウ kou	オウ ou	チン chin	チョウ chou

よろしくお願 (ねが) いします。
go ro shi ku o ne ga i shi ma su
請多多指教。

お名前 (なまえ) は？
o na ma e wa
請問尊姓大名？

私 (わたし) は台湾 (たいわん) から来 (き) ました。　我來自台灣。
wa ta shi wa tai wan ka ra ki ma shi ta

おいくつですか？
o i ku tsu de su ka
請問你幾歲？

私 (わたし) は27歳 (さい)* です。　我27歲。
wa ta shi wa　　 sai de su

＊ 紅字部分可填入適當數字。

□ 日本 (にほん) に来 (き) ました。　為了～來日本。
ni hon ni ki ma shi ta

出張 (しゅっちょう) で 出差	旅行 (りょこう) で 旅行	留学 (りゅうがく) で 留學
shu cchou de	ryo kou de	ryuu ga ku de

友達 (ともだち) に会 (あ) いに 找朋友	自由旅行 (じゆうりょこう) で 自助旅行
to mo da chi ni a i ni	ji yuu ryo kou de

団体旅行 (だんたいりょこう)・ツアーで 跟團旅行	ハネムーンで 度蜜月
dan tai ryo kou tsu a- de	ha ne mu-n de

コラム
数 (かぞ) え年 (どし)：虛歲
満年齢 (まんねんれい)：實歲

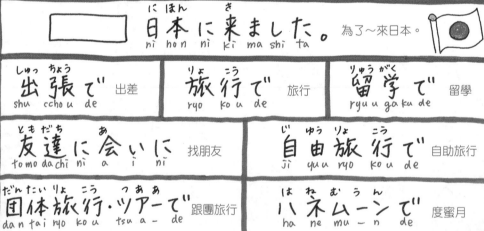

98

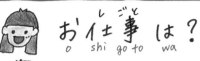

お仕事は？
o shi go to wa
請問你的職業是什麼?

□ です。あなたは？
de su a na ta wa
是～。你呢?

ビジネスマン bi ji ne su ma n	上班族	教師 kyo u shi	教師
OL オー エル（おおえる）	粉領	医者 i sha	醫生
アルバイト a ru ba i to	打工	弁護士 be n go shi	律師
社長 sha chou	社長	コック ko kku	廚師
学生 ga ku se i	學生	秘書 ni sho	秘書
主婦 shu fu	家庭主婦	銀行員 gi n kou i n	銀行職員
無職・就職活動中 mu sho ku shu u sho ku ka tsu dou chu u 沒工作／待業中		美容師 bi yo u shi	美容師
公務員 kou mu i n	公務員	デザイナー de za i na —	設計師
IT関連 kan ren	IT相關職業	（営業・管理）職 ei gyou kan ri sho ku	（業務／管理）職
店員／店長 te n in te n chou	店員／店長	年金暮らし ne n kin gu ra shi	靠老人年金 過生活

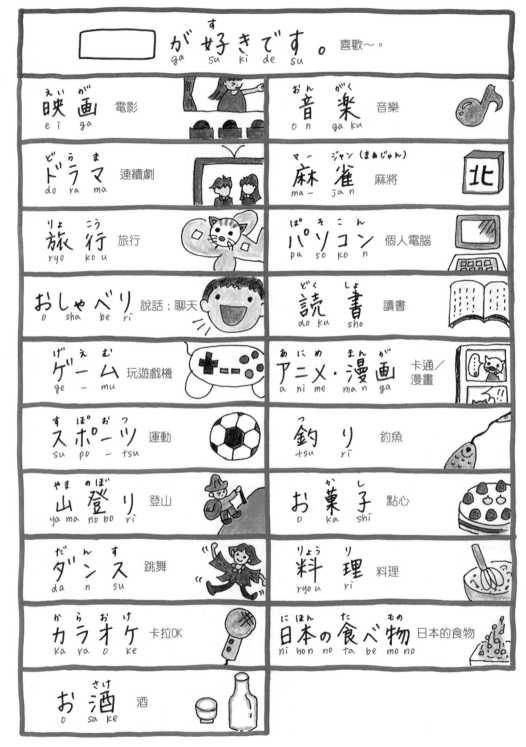

□ が好きです。 喜歡～。
ga su ki de su

映画 eiga 電影

音楽 ongaku 音樂

ドラマ dorama 連續劇

麻雀 majan（まあじゃん） 麻將

旅行 ryokou 旅行

パソコン pasokon 個人電腦

おしゃべり oshaberi 說話；聊天

読書 dokusho 讀書

ゲーム gemu 玩遊戲機

アニメ・漫画 anime manga 卡通／漫畫

スポーツ supotsu 運動

釣り tsuri 釣魚

山登り yamanobori 登山

お菓子 okashi 點心

ダンス dansu 跳舞

料理 ryouri 料理

カラオケ karaoke 卡拉OK

日本の食べ物 nihon no tabemono 日本的食物

お酒 osake 酒

よく見ます。 yo ku mi ma su	できます。/できません。 de ki ma su / de ki ma se n
經常看	會／不會
好きです。/嫌いです。 su ki de su / ki ra i de su	人気があります。 nin ki ga a ri ma su
喜歡／討厭	受歡迎

野球 ya kyuu 棒球	水泳 sui ei 游泳
テニス te ni su 網球	卓球 ta kkyuu 桌球
サッカー sa kka - 足球	ボーリング bo - ri n gu 保齡球
バスケットボール ba su ke tto bo - ru 籃球	ビリヤード bi ri ya - do 撞球
ゴルフ go ru fu 高爾夫球	プロレス pu ro re su 摔角
スキー su ki - 滑雪	空手 ka ra te 空手道
スノーボード su no - bo - do 滑雪板 滑雪運動	柔道 juu dou 柔道
マラソン ma ra so n 馬拉松	すもう su mo u 相撲
バドミントン ba do mi n to n 羽毛球	剣道 ke n dou 劍道

101

Part
11
會
話

□□□	が い ます。 有～。
ga i ma su	

父 父親 chi chi	母 母親 ha ha	兄 哥哥 a ni	姉 姉姉 a ne	弟 弟弟 o to u to
妹 妹妹 i mo u to	祖父 祖父 so fu	祖母 祖母 so bo	家族 家人 ka zo ku	息子 兒子 mu su ko
娘 女兒 musu me	彼氏 男朋友 ka re shi	彼女 女朋友 ka no jo	恋人 戀人 ko i bi to	犬・猫 狗／貓 i nu ne ko

□□□ を 教 えて ください。 請告訴我～。
o o shi e te ku da sa i

メール MAIL me - ru	住所 住址 juu sho	電話番号 電話號碼 den wa ban go u	連絡先 聯絡處 ren raku sa ki

結婚 しています。　結婚了。
ke kko n shi te i ma su

（彼氏・彼女）を 募集 しています。　徵（男友／女友）中。
ka re shi ka no jo o bo shuu shi te i ma su

（友達・同僚）と 一緒 に 来 ています。和（朋友／同事）一起來。
to mo da chi do u ryo u to i ssho ni ki te i ma su

何日滞在 しますか？　打算停留幾天？
na n ni chi ta i zai shi ma su ka

あなたに 会 えてよかったです。　能遇見你真是太好了。
a na ta ni a e te yo ka tta de su

友達 に なりましょう。　我們交個朋友吧！
to mo da chi ni na ri ma sho u

必 ずまた 来 ます。　一定會再來的。
ka na ra zu ma ta ki ma su

台湾 に 行 ったことが ありますか？　曾經去過台灣嗎？
ta i wa n ni i tta ko to ga a ri ma su ka

台湾 に 来 るときは 連絡 してください。要來台灣請和我連絡。
ta i wa n ni ku ru to ki wa re n ra ku shi te ku da sa i

 お支払い（付錢） 58

和日本朋友吃飯，碰到付錢的情境，
日文該怎麼說才不失禮呢？

今日（きょう）は任（まか）せてください。
今天就交給我。

え！いいですか？
ありがとうございます／
うれしいです！

可以嗎？謝謝／真開心。

今日（きょう）はごちそうさせてください。
今天就讓我請。

え、私（わたし）から誘（さそ）ったのに悪（わる）いですよ。

啊，是我邀你的，不好意思！

いつもお世話（せわ）になっているので、
今日（きょう）は払（はら）わせてください。總是受

到您多方的照顧，今天就我來付！

いえいえ、割（わ）り勘（かん）にしましょう。

別這麼說，分開付好了。

今日（きょう）は私（わたし）が払（はら）いますよ。
今天我付。

ごちそうさまです。
今度（こんど）は私（わたし）がご馳走（ちそう）します！

謝謝您的招待。下次我來付！

ほんの気持ちですが、どうぞ。

這是一點小意思，請收下。

わぁ、ありがとうございます！

啊！真謝謝！

お待たせしてすみません！

讓你久等了。

いえいえ、大丈夫ですよ！

沒關係。

そろそろ失礼しますね。

時間差不多了，我該走了。

あ、駅まで送りますよ。

我送你到車站。

今日はお会いできてよかったです。

很高興今天能見到你。

またぜひ連絡してくださいね。

一定要再跟我聯絡！

＿＿＿～＿＿＿、やって（い）ますか？／
アカウント持って（い）ますか？ 你有～（帳號）嗎？

フェイスブック Facebook	ツイッター Twitter
ライン LINE	ブログ 部落格
フォロー 追蹤	リツイート （Twitter）轉貼
友だち申請 加入好友	ブロックする 刪除好友
投稿する 發言	いいね！を押す 按讚
タグ付ける 標註（別人）	シェアする 分享

 SNS のあいさつ（社群網的打招呼）

加別人好友，或是別人加你好友，
跟對方打個招呼，可以讓彼此交流更為順暢。

友達申請してもいいですか。

我可以加你好友嗎？

友だち申請ありがとうございます！

謝謝你加我好友。

初めまして！いま日本語を勉強しているんです。

你好，我在學日文。

初めまして！メールありがとうございます。
私は中国語を勉強しています。よろしくね！

你好，謝謝你的來信。我在學中文。請多多指教。

フォローさせてもらってもいいですか？

我可以追蹤你嗎？

わぁ〜うれしいです！ありがとう！
私もフォロー返しさせてもらいますね！

哇！真開心！謝謝。我也追蹤你喔！

Facebook に写真を投稿してもいい？

我可以將照片放上 Facebook 嗎？

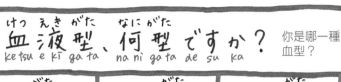

血液型、何型ですか？
ketsu e ki gata、nani ga ta de su ka
你是哪一種血型？

| A 型 gata | B 型 gata | O 型 gata | AB 型 gata |

何座ですか？
nani za de su ka
你是什麼星座？

牡羊座 o hitsuji za　3/21～4/20　牡羊座
天秤座 ten bin za　9/24～10/23　天秤座
牡牛座 o u shi za　4/21～5/21　金牛座
蠍座 sa so ri za　10/24～11/22　天蠍座
双子座 fu ta go za　5/22～6/21　雙子座
射手座 i te za　11/23～12/21　射手座
蟹座 ka ni za　6/22～7/22　巨蟹座
山羊座 ya gi za　12/22～1/20　魔羯座
獅子座 shi shi za　7/23～8/23　獅子座
水瓶座 mi zu ga me za　1/21～2/18　水瓶座
乙女座 o to me za　8/24～9/23　處女座
魚座 u o za　2/19～3/20　雙魚座

誕生日はいつですか？
tan jou bi wa i tsu de su ka
你的生日是什麼時候？

誕生日おめでとう！
tan jou bi o me de to u
生日快樂！

性格

どんな人ですか？ 是一個怎樣的人呢?
do n na hito de su ka

□ 人です。 是～的人。
hito de su

明るい 開朗的 a ka ru i	クールな 酷酷的 ku - ru na
気前がいい 大方的 ki mae ga i i	けちな 小氣的 ke chi na
やさしい 溫柔的 ya sa shi i	厳しい 嚴格的 ki bi shi i
おとなしい 文靜的 o to na shi i	おしゃべりな 話多的 o sha be ri na
面白い 有趣的 o mo shi ro i	つまらない 無趣的 tsu ma ra na i
かわいい 可愛的 ka wa i i	不細工な 不好看的 bu sai ku na
まじめな 認真的 ma ji me na	いい加減な 粗心的； i i ka gen na 馬虎地
のんびりした 悠哉的 no n bi ri shi ta	せっかちな 急性子的 se kka chi na
親切な 親切的 shi n se tsu na	不親切な 不親切的 fu shi n se tsu na
頭がいい 聰明的 a ta ma ga i i	ばかな 愚蠢的 ba ka na

干支は何ですか？ 你生肖是屬什麼的?
え と   なん
e to wa nan de su ka

假名置中，表示此二漢字均讀為「うし」。

鼠・子 ne zu mi 鼠/子		馬・午 u ma 馬/午	
牛・丑 u shi 牛/丑		羊・未 hi tsu ji 羊/未	
虎・寅 to ra 虎/寅		猿・申 sa ru 猴/申	
兎・卯 u sa gi 兎/卯		鶏・酉 to ri 雞/酉	
竜・辰 ta tsu 龍/辰		犬・戌 i nu 狗/戌	
蛇・巳 he bi 蛇/巳		猪・亥 i no shi shi 豬/亥	

12生肖從頭一口氣唸完時的唸法為：

「ね・うし・とら・う・たつ・み・うま・ひつじ・さる・とり・いぬ・い(ゐ)
子・丑・寅・卯・辰・巳・午・未・申・酉・戌・亥」

但是單獨提到「屬鼠」、「屬兔」、「屬蛇」、「屬豬」時，就不讀作「子、卯、巳、亥」
（此四個為特別），而讀「鼠、兔、蛇、豬」。

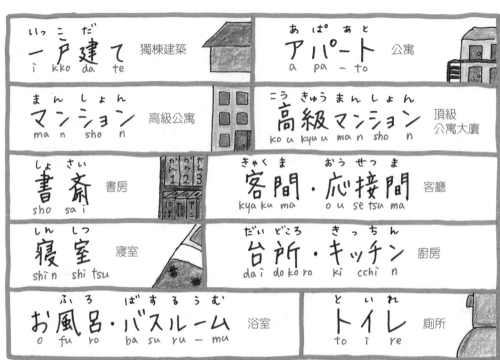

一戸建て（いっこだ）
i kko da te
獨棟建築

アパート（あぱあと）
a pa ~ to
公寓

マンション（まんしょん）
ma n sho n
高級公寓

高級マンション（こうきゅうまんしょん）
ko u kyuu ma n sho n
頂級公寓大廈

書斎（しょさい）
sho sai
書房

客間・応接間（きゃくま・おうせつま）
kya ku ma   ou se tsu ma
客廳

寝室（しんしつ）
shi n shi tsu
寢室

台所・キッチン（だいどころ・きっちん）
dai do ko ro   ki cchi n
廚房

お風呂・バスルーム（ふろ・ばするうむ）
o fu ro   ba su ru ~ mu
浴室

トイレ（といれ）
to i re
廁所

今晩、家で食事をしませんか？（こんばん・うち・しょくじ）
kon ban uchi de shoku ji o shi ma se n ka
今晚要不要到我家來吃個飯呢？

ありがとうございます、伺います。（うかが）
a ri ga to u go za i ma su ukaga i ma su
謝謝，我會前去拜訪的。

すてきな家ですね。（いえ）
su te ki na ie de su ne
好漂亮的住家喔。

何か手伝いましょうか？（なに・てつだ）
na ni ka te tsu da i ma sho u ka
需不需要我幫忙呢?

トイレを貸してください。（といれ・か）
to i re o ka shi te ku da sa i
請借我廁所。

Part
11
會
話

カラオケボックス ka ra o ke bo kku su 日本卡拉ok包廂； （日本的）KTV	十八番 juu hachi ban　拿手歌
上手・下手 jou zu　he ta 擅長／ 不擅長	名曲 mei　kyoku　名曲
主題歌 shu dai ka　主題曲	デュエット dhu e tto　對唱

ポップス po ppu su　流行樂	ロック ro kku　搖滾樂
クラシック ku ra shi kku　古典樂	ジャズ ja zu　爵士樂
ダンスミュージック da n su myu ー ji kku　舞曲	ラップ ra ppu　饒舌歌
華流 ka ryuu　哈台風	韓流 han ryuu　哈韓風
Jーポップ po ppu　J-POP	演歌 en ka　演歌

中国語の歌ありますか？
chuu goku go no uta a ri ma su ka　有中文歌嗎？

日本語の歌を教えてください。
ni hon go no uta o o shi e te ku da sa i　請教我唱日文歌曲。

 在日本很少有像台灣KTV一樣豪華的卡拉ok。所謂的「カラオケボックス」也比台灣的小。
台灣人唱卡拉ok很隨性，但日本人唱卡拉ok則有許多不成文的習慣規定，如：

1. 一個人不可以連續點唱多首歌曲。

2. 遵守點唱順序。

3. 要專心聽別人唱歌。

4. 不可以橫越正在唱歌的人的面前（要穿越也要表現出很不好意思的樣子）等等。

まんぞく
満足
man zo ku
滿足

不満 不満
fu man

はや
速い
ha ya i
快的

慢的 遅い
o so i

よ(い)
良い
yo(i) i
好的

✕ 不好的 悪い
wa ru i

とくい
得意
to ku i
擅長

不擅長 苦手
niga te

ちか
近い
chi ka i
近的

遠的 遠い
to o i

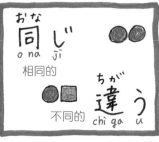

おな
同じ
o na ji
相同的

不同的 違う
chi ga u

ひろ
広い
hi ro i
寬廣的

狭窄的 狭い
se ma i

かんたん
簡単 簡單的
ka n tan

むずか
困難的 難しい
mu zu ka shi i

ぷろ
プロ
pu ro
內行人

しろうと
外行人 素人
shi ro u to

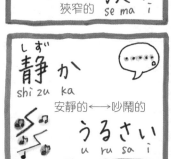

しず
静か
shi zu ka

安静的←→吵鬧的

うるさい
u ru sa i

きれい
ki re i

乾淨的←→骯髒的

きたな
汚い
ki ta na i

でじたる
デジタル 數位的
de ji ta ru

あなろぐ
類比的 アナログ
a na ro gu

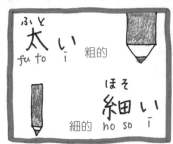

ふと
太い 粗的
fu to i

ほそ
細い
細的 ho so i

附錄 旅遊資訊

名勝

札幌時計台（北海道） 現存日本最古老的時鐘塔。建於西元 1878 年 10 月，現被指定為國家重要文化財。	**小樽運河（北海道）** 石板鋪成的道路、歐式的路燈瀰漫著一股異國情調的小樽運河風景區，是一個十分受歡迎的觀光景點。
富良野（北海道） 以ベランダー（薰衣草）著稱。薰衣草的開花時期為每年的六月下旬到七月下旬之間。	**松島（宮城　）** 由 260 多個島嶼所組成，分別都有其各自不同的美景。
竹下通（東京） 類似西門町的地方。明星商店、服飾店、雜貨店等等，深受年輕人的歡迎，街道充滿了活力。	**東京鐵塔（東京）** 高 333M 的電波傳輸塔，為東京代表性的景點之一。從展望台上所眺望的東京風景別有一番風味。
台場（東京） 擁有超人氣絕佳夜景景觀的海灣區。富士電視台、溫泉主題樂園「大江戶溫泉物語」等多數的商業設施或觀光景點在此櫛比鱗次。	**晴空塔（東京）** 高 634M 的東京スカイツリー是新的電波傳輸塔，於 2012 年 5 月 22 日啟用。塔的基底是正三角形，之後往上逐漸轉為圓形。
天橋立（京都） 與宮島和松島齊名。由全長約 3.6km，寬 20 ～ 70m 的沙堤，看上去宛如一座飛舞於空中的白色橋樑而得名。	**嵐山（京都）** 以櫻花和楓葉著稱，橫貫大堰川的渡月橋為其代表性的景點。
中華街（橫濱／神戶／長崎） 日本的三大中華街： 浜中華街 神 南京町 長崎新地中華街。	**心斎橋（大阪）** 大阪的購物街。以眾多的百貨公司，和有大阪流行指標之稱的「美國村」聞名。
道頓堀（大阪） 熱鬧街道有許多的餐飲店，到處可見充滿個性的招牌，像有著一隻大螃蟹的「螃蟹道樂」的招牌就非常有名。	**富士山（靜岡／山梨）** 高約 3776M 的活火山，是日本的象徵，許多藝術作品以其為主題創作。每年約有二個月（7、8月）開放民眾攻爬。
出島（長崎） 江戶鎖國時期，為了與荷蘭人進行貿易而在長崎所興建的人工島。江戶時期，外國人只被允許進入此地進行貿易。	**異人館（兵庫）** 有 50 間左右的華麗西洋建築散佈於此，優閒地在洋溢著異國風情的街道上信步而行，是一件令人愉快的事。

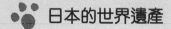

名稱／地點／認定為世界遺產的年份	簡介
法隆寺院內的佛教建築（奈良縣） 1993 年	這間寺廟可以說是奈良斑鳩地區與聖德太子之間深厚關係的一個象徵。除了建於飛鳥時代的金堂和五重塔為中心之外，尚有許多世界最古老的木造建築。寺內尚有許多古物被指定為國寶、重要文化財。
姬路城（兵庫縣） 1993 年	以「白鷺城」之名廣為人知的姬路城不僅壯麗，而且還是一座機關重重易守難攻的堡壘。姬路城有五層六階的天守閣和三個小天守，在外城上也有以「播州皿屋敷」著名的「お菊井戸」古井。
屋久島（鹿兒島縣） 1993 年	屋久島以樹齡高達 7200 歲的繩文杉，全島覆蓋在屋久杉原生林之下，島中央聳立著九州的最高峰——宮之浦岳。遙望著蔚藍的海面，印入眼簾的是一片四處盛開的扶桑花及裊裊升起的溫泉熱氣，此地真可說是一處人間的樂園。
白神山地（青森縣、秋田縣） 1993 年	現存世界最貴重的山毛櫸原始森林。此地最大的魅力在於其擁有各式各樣的生物族群和水資源。
古都京都的文化財（京都府） 1994 年	擁有高山寺、龍安寺、仁和寺、天龍寺、西芳寺（苔寺）、教王護國寺（東寺）、西本願寺、鹿苑寺（金閣寺）、賀茂別雷神社（上賀茂神社）、延曆寺、慈照寺（銀閣寺）、賀茂御祖神社（下鴨神社）、二条城、清水寺、醍醐寺、平等院、宇治上神社等 17 座寺廟、神社和城宇。
白川鄉、五箇山的合掌式建築的部落（岐阜縣） 1995 年	白川鄉茅草屋頂古式建築，完全沒有使用任何鐵釘或 U 型釘等金屬用具，至今仍保留著日本古老的風情，讓人感到好像置身在古代日本。
原爆圓頂館（廣島縣） 1996 年	昭和 20 年 8 月 6 日上午 8 點 15 分，廣島成為人類史上第一個遭受原子彈攻擊的城市。在遭受到毀滅性攻擊中，圓頂館的建築倖 下來，成為反核最有力的象徵。
嚴島神社（廣島縣） 1996 年	與天橋立、松島並稱日本三景。嚴島神社建於平安時代，神社臨海而建，每當漲潮時，海水便會淹沒神社底部，形成建築聳立在波光粼粼海面上的特殊景象。
古都奈良的文化財（奈良縣） 1998 年	包含世界上最大的木造建築——大佛殿的「東大寺」，其他還有興福寺、春日大社、春日山原始林、元興寺、藥師寺、唐招提寺、平城宮跡等八處古蹟。
日光社寺（栃木縣） 1999 年	建於 1617 年，為江戶時代日本神社建築代表的「権現造」式建築。現存主要的祭神殿都是在 1636 年所興建的。正殿、石之間、前殿、陽明門等被指定為國寶的有 8 棟，文化財的有 34 棟。

琉球王國的王城遺蹟及相關遺蹟群（沖繩縣） 2000 年	在被登錄為世界遺產的遺蹟群中，以琉球國王的居城「首里城」為其中之翹楚，其他尚包含「園比屋武御嶽石門」、「玉陵」、「識名園」、「齋場御嶽」、「中城城跡」、「勝連城跡」、「座喜味城跡」、「今歸仁城」等。
紀伊山地的聖地和朝聖路線 （和歌山縣、奈良縣、三重縣） 2004 年	橫跨奈良、和歌山、三重等三地，是日本最大文化遺產。由紀伊山地的熊野三山 高野山、吉野、大峰等三大聖地，和熊野朝聖路線等互相連結形成一脈絡。為「路線」被登錄為世界遺產的少數例子之一。
知床（北海道） 2005 年	知床為日本國內第三個被登錄為自然遺產的地方。讓處完善地保留者陸海絕佳的生態系，自然景觀美不勝收，如知床八景的瀑布、湖泊、群山等等。
石見銀山遺跡及其文化景觀 2007 年	位於島根縣大田市，江戶時代因銀礦發展出來的獨特聚落，包含當時的行政中心、銀礦山及其冶煉運輸相關遺跡。
平泉 —— 呈現佛教淨土的建築、庭園及其考古學的遺跡群 2011 年	位於岩手縣平泉町。據佛教的淨土思想而建造的多樣寺院、庭園及遺跡等。包含中尊寺、毛越寺、觀自在王院跡、無量光院跡、金雞山等。
小笠原諸島 2011 年	因人煙希少，豐富獨特的自然景觀受到良好的保護，境內有許多的特有的固有物種，像是陸生貝類、菇類等等。
富士山——信仰的對象及其藝術源泉 2013 年	富士山被登錄為文化遺產，因其山岳思想及文化上的意義受到評價。文學藝術上許多以富士山為主題，其中葛飾北齋的「富嶽三十六景」更是有名。
富岡製絲場及絹產業遺產群 2014 年	明治時期日本政府在富岡設置了製絲場，當地開始成為產絲的重鎮，引領製絲產業蓬勃發展。遺產群包含富岡製絲場、田島彌平舊宅、高山社跡、荒船風穴。
明治日本的產業革命遺跡 2015 年	江戶幕府末年～明治時期，因西洋文明傳入的技術興起的產業相關設施。含煤礦業、鋼鐵業、造船業等。範圍含蓋山口、福岡、佐賀、長崎、熊本、鹿兒島、岩手、靜岡等八縣。

 ## 姬路城的恐怖傳說

被認定為世界遺產的姬路城有所謂的「皿屋敷」的恐怖傳說。主人原本有十個非常珍愛的盤子，有個叫做阿菊的下人不小心其中一個盤子給打破了。主人殺了阿菊扔進水井裡，從那一天開始水井中就傳出亡靈用非常悲恨的聲音數著：「一個盤子、兩個盤子……九個盤子……少了一個盤子」。事實上，「菊之水井」是真實存在的喔！到姬路城觀光時，可以去找找那座恐怖傳說的水井，說不定會聽到從水井中傳來「一個、兩個……」的聲音！

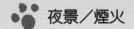

夜景／煙火

夜景	
函館山（北海道）	彩虹橋（東京）
六本木之丘展望台（東京）	山下公園（橫浜）
五月山（大阪）	京都鐵塔展望台（京都）
美利堅公園＆莫塞克花園廣場（神戶）	福岡鐵塔展望台（福岡）
煙火	
洞爺湖長期煙火大 　（北海道）4〜10月	全国煙火競技大會（秋田）8
隅田川煙火大會（東京）7月	教祖祭PL花火藝術（大阪）8月

日本三大夜景：函館山、魔那山掬星台、稻佐山
日本三大煙火大會：全國煙火競技大會、土浦全國煙火競技大會、長岡祭大煙火大會

夜景：欣賞夜景的時間以傍晚（6點〜7點）這段時間為最好。晚霞搭配著霓虹燈，自然光和人工燈光的組合真是讓人覺得美不勝收。

公園

大通公園（北海道） 從西1丁目到12丁目為止東西長約1.5km的公園。冬天的雪季或白色燈會等等的活動都會在這裡舉行。	**円山公園（北海道）** 除了以櫻花聞名的北海道神宮、圓山動物園之外，還有很多其他的景點。在此也棲息著保持原始風貌的原始森林。
上野公園（東京） 以櫻花、不忍池而馳名的公園。公園內有美術館、博物館、動物園、文化會館等等的景點。	**廣島和平紀念公園（廣島）** 原子彈爆炸的中心地，原爆圓頂館也位於此。旅客來此會獻上千羽鶴，祈求和平無戰事。
兼六園（金沢） 兼六園與偕樂園、後樂園並列為日本三大名園。建於1673年，在約11.4萬平方公里的庭園裡，四處是頗有來歷的奇樹名石，隨著季節更迭，可以享受不同的樂趣。	**平和公園（長崎）** 園內聳立著祈求和平的人像，高高舉起的右手意味著原爆的威脅，水平向前延伸的左手則意味著和平，輕輕闔上的雙眼象徵著為原爆犧牲者祈求其冥福。

🐾 祭典

雪祭（札幌）2月　ゆきまつり
展示各式各樣用冰所製作成的雕像的祭典。每年都會吸引來自日本國內外超過 200 萬人的旅客參觀。

佞武多祭（青森）8月　ねぶたまつり
此祭典被指定為國家重要無形文化財。進行祭典時在街道上隨處可見巨大的人型燈籠，而低沉高昂的太鼓和笛子所演奏的傳統曲子也非常有名。

神田祭（東京）5月　かんだまつり
神田祭和京都的祇園祭、大阪的天神祭並稱為日本的三大祭典。其中的「神田囃子」（かんだばやし）更是被指定為無形文化財。

祇園祭（京都）7月　ぎおんまつり
祇園祭是擁有 1100 年傳統的八坂神社的大祭典。祇園祭在各式各樣的行事、祭典的連番接力下，大約會持續進行一個月左右。

天神祭（大阪）7月　てんじんまつり
儀式中的「船渡御」（ふなとぎょ，渡船陣）大約會有一百艘用燈泡裝飾華麗的船隻漂流於河川之上，極為壯觀，晚上還有燦爛的煙火。

博多祇園山笠（福岡）7月　はかたぎおんまつり
此祭典被指定為國家無形文化財。祭典的重頭戲為眾人扛著山笠環繞市區。

🐾 購物／食物

函館朝市（北海道）
光是這裡的小巷就有 300 多家的商店，是北海道屈指可數的大型市場。在此可用便宜的價錢買新鮮海產，也有可以品嘗到新鮮美味的海鮮類餐廳。

元祖さっぽろラーメン横丁（原祖札幌拉麵街，北海道）
拉麵街有各式拉麵店。其使用在北海道地食材所料理出來的味噌拉麵絕品美味，成為當地特色。

築地市場（東京）
東京最大批發市場，預定於 2016 年遷往豐洲。築地周邊各式美食餐廳林立，營業時間大約從早上 5 點到下午 1 點，8 點～ 10 點間客人較少，要嚐鮮可在此時段前往。

秋葉原（東京）
日本代表性的電器街，通稱為「アキバ」，是非常著名的御宅族街，此地有不少免稅店。

アメ横（阿美横町，東京）
日本便宜商店街。從衣服、雜貨、鞋子到化妝品、生鮮蔬果、點心零食等，各式各樣的商店聚集於此，到處都洋溢著充滿朝氣的叫賣聲。

新横浜ラーメン博物館 新横浜拉麵博物館（横浜）
館內不但展示了拉麵的歷史與文化，同時也可以吃到來自全國各地好吃的拉麵。以 1950 年代為主題的內部裝潢也非常的有趣。

横浜カレーミュージアム 横濱咖哩博物館（神奈川）
世界上唯一的一個咖哩主題樂園。在那裡可以品嘗到各式咖哩，像是沖繩風味的咖哩、加了章魚的咖哩、或使用墨魚汁醬汁的咖哩等等。

アメリカ村 美國村（大阪）
美國村裡有許多美式服飾店、俱樂部、餐飲店，加上因為有許多外國人，讓人宛如置身異國。特別是「古着屋」（二手衣店）非常的多，可以買到非常多充滿個性的服裝。

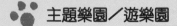

主題樂園／遊樂園

主題樂園（以某個特定主題為主的遊樂區）	
日光江戶村（栃木） 以忍者／武士為主題。	志摩スペイン村 志摩西班牙村（三重）
サンリオピューロランド 三麗鷗皮洛樂園（東京） 以三麗鷗商品（HELLO KITTY等）為主題。	ディズニーランド・ディズニーシー 迪士尼樂園・海洋迪士尼（千葉） 以迪士尼卡通主角為主題。
東映太秦映画村 東映太秦電影村（京都） 是京都開放式的電影拍攝景點。	ユニバーサルスタジオジャパン（USJ） 環球影城（USJ）（大阪） 以好萊塢電影為主題。
ハウステンボス 豪斯登堡（長崎） 以歐洲為主題。	ジョイポリス JOYPOLIS（東京／大阪／岡山） 為SEGA遊戲公司所經營的主題樂園。
遊　樂　園	
ルスツリゾート 留壽都避暑勝地（北海道）	としまえん 豐島園（東京）
東京ドームシティー 東京巨蛋城（東京）	西武遊園地 西武遊樂園（埼玉）
富士急ハイランド 富士急遊樂園（山梨）	エキスポランド 萬博樂園（大阪）

寺廟／神社

善光寺（長野）	日光東照宮（栃木）	靖國神社（東京）	明治神宮（東京）	淺草神社（東京）
鶴岡八幡宮（神奈川）	鎌倉大佛（神奈川）	永平寺（福井）	伊勢神宮（三重）	東大寺（奈良）
法隆寺（奈良）	八坂神社（京都）	平等院（京都）	平安神宮（京都）	清水寺（京都）
銀閣寺（京都）	東寺（京都）	南禪寺（京都）	出雲大社（島根）	嚴島神社（廣島）

日本三天神社：太宰府天滿宮、北野天滿宮、防府天滿宮。
日本三大寺廟：大安寺、元興寺、弘福寺。

古城

五稜郭（北海道）	小田原城（神奈川）	松本城（長野）	名古屋城（愛知）	岐阜城（岐阜）
二條城（京都）	姬路城（兵庫）	大阪城（大阪）	熊本城（熊本）	首里城（沖繩）

三大名城：名古屋城、大阪城、熊本城。

溫泉

稚內（北海道）	登別（北海道）	日光湯元（栃木）	草津（群馬）
萬座（群馬）	湯河原（神奈川）	箱根（神奈川）	熱海（靜岡）
伊東（靜岡）	阿蘇（熊本）	別府（大分）	湯布院（大分）

日本三大溫泉：伊東溫泉、別府溫泉、湯布院溫泉

賞花／楓葉（情報）

櫻　　花			
圓山公園（北海道）	見晴公園（北海道）	靖國神社（東京）	新宿御苑（東京）
鶴舞公園（愛知）	平安神宮（京都）	大阪城西之丸庭園（大阪）	昭和池公園（福岡）
楓　　葉			
定山溪（豐平峽水庫）	日光（栃木）	箱根（神奈川）	香嵐溪（愛知）
大原（京都）	嵐山（京都）	雲仙（長崎）	菊池溪谷（熊本）

賞櫻花、楓葉

　　在日本有所謂的**桜前線**（賞櫻前線）。就是把日本各地櫻花開花日期相同的地點連接起來，形成的一種類似氣象預測的「等氣壓線」，以預測櫻花開花的時間。歷年來，日本的櫻花前線大多在 3 月下旬時在九州南部 四国南部揭開序幕，接著依序朝北上，最後在 5 月上旬時在北海道落幕。但是，最近幾年由於氣候異常的緣故，曾經發生過櫻花前線雖然還是從九州往東北方向依序北上，但市區內的櫻花卻往往會有提前開花的趨勢。例如，在 2006 年就發生東京市區的櫻花比鹿兒島的更早開花的情況。

　　楓葉在 9 月時分左右自北海道的山中開始變紅，之後慢慢往南。賞楓的推移路線則被稱為**紅葉前線**（賞楓前線）。日本整個賞楓時間大概是一個月左右，最佳的賞楓時間約為「楓葉前線」開始後的的第 20~25 天左右的時候。北海道是在大概是在 10 月，東北地方為 11 月，其他區域則為 11 ～ 12 月上旬左右。若是山區的話，則就會比這時間再提早一些。

美術館／博物館（情報）

札幌市交通資料館（北海道）
開幕於西元 1975 年 2 月。館內展示了許多「札幌市營交通」70 年的歷史珍貴照片，以及古老的車子、零件、乘車券等資料。

夢之島熱帶植物園（東京）
位於東京都夢之島公園內的植物園，有大溫室、動畫會館、資訊迴廊、活動會館等。

船科學館（東京）
以海和船為主題所建造的綜合博物館。除了有貴重的資料和模型外，還有用精緻的影像以及音響塑造出來的劇院，以及和與觀眾同樂的表演節目等等。

東京國立近代美術館（東京）
介紹 20 世紀以後的繪畫、版畫、照片、雕刻等。館內珍藏了約 200 件可一窺明治到現代的美術演變的作品，每隔 2 個月，就會有一半以上的作品交替展示（65 歲以上和中小學生可免費入館）。

佐久間軌道公園（靜岡縣）
在此主要是收集曾在 JR 東海區域行駛的鐵道車輛。園內有可體驗駕駛電車的專區，同時展示著鐵道模型的透視圖，以及訴說鐵道車輛歷史的照片等。

OKAZAKI 世界兒童美術館（愛知）
以展示世界各地的兒童畫為主，另外也收藏著名美術家兒童時代的作品。館內另有設置親子造型中心（DO ZONE），在那裡可以在專家的指導下輕鬆的進行創作活動。

京都國立近代美術館（京都）
館藏以京都派日本畫、京都近代西洋畫主，展示日本國內外近代美術相關的作品。

大阪市立美術館（大阪）
位於天王寺公園內，收藏了近 8000 件的國寶級文物和重要文化財。館藏有中國繪畫、石佛、佛教美術、近世漆工藝等等。

茨木市立川端康成文學館（大阪）
日本第一位得到「ノーベル文学賞」（諾貝爾文學獎）的文豪－川端康成的紀念館。館內展示了川端康成的著作、遺物、書籍等等。

神戶 Fashion 美術館（兵庫）
以服裝的構造、色彩、素材、服飾史、技巧為主題，展示了古今東西衣物和紡織品。另外館內的時尚相關書籍的收藏也相當豐富。

ジブリ美術館（吉卜力美術館，東京）
宮崎駿アニメ（卡通）世界為主題。除了展示龍貓、風之谷等作品模型之外，在這裡還有圖書館，裡面有放映原創卡通，以及放置各式圖書。

🐾 自然

摩周湖（北海道）
湖圍約 20km，最大水深 212m，湖水清澄透明。阿伊努族的人們稱此湖為 KAMUITO，意即為神之湖。其神秘的氣氛和其湖名非常的相襯。

富士山（靜岡・山梨）
橫跨山梨、靜岡兩縣的圓錐狀成層火山。為日本的最高峰，海拔 3776 公尺。火山口直徑約為 800 公尺。到半山腰為止都可坐車到達。

芦ノ湖（蘆之湖，神奈川）
湖面上映照出富士山及其外環山壁的倒影，為箱根地區具代表性的觀光景點之一。

琵琶湖（滋賀）
總面積 674 平方公里，號稱日本的最大湖，約佔滋賀縣面積的六分之一。

萬座毛（沖）
此名是「可容納萬人坐下的原野」的意思。在離海面 20m 高，宛如象鼻般隆起的珊瑚礁岩懸崖上，長滿了一層地毯似的綠草。由此往下窺視，就可看到清澈海底的美麗珊瑚。

鳥取砂丘（鳥取）
日本最大規模的砂丘，面日本海，東西寬 16km，南北長 2.4km，最大高低差 92m，其「風紋」、「砂簾」非常的漂亮。

郵資

寄日本國內	一般信件	82 日圓 (1 ～ 25 g)
		92 日圓 (25 ～ 50 g)
	明信片	52 日圓
寄台灣（航空）	一般信件	90 日圓 (1 ～ 25 g)
		160 日圓 (25 ～ 50 g)
	明信片	70 日圓
寄台灣（船運）	一般信件	90 日圓 (1 ～ 25 g)
		160 日圓 (25 ～ 50 g)
	明信片	60 日圓

＊快遞、包裹的郵資請直接在服務窗口詢問。

搭乘電車

電車的乘坐方法其實是很簡單的，只是因為某些地區電車路線太過於複雜，若是不常搭乘，就算是當地人也是常搞不清楚。以下以東京為例簡略說明電車搭乘方式：

★ **不必轉乘**

（丸ノ内線，西新宿站→東京站）

1. 買票。
   售票處上方有票價表，請先查看目的地的票價再買票。西新宿站到東京站票價為 190 日圓，投入正確金額後按下 190 日圓按鍵，即完成購票。
   目前東京都有發行「Suika」卡（類似悠遊卡），如果有購買的話可省去每趟購票的時間。

2. 車票放入自動剪票機。請注意寫目的地的那一面要朝上。

3. 乘車。

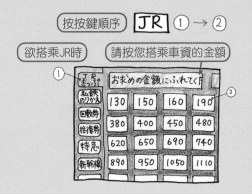

按按鍵順序　JR ① → ②

欲搭乘JR時　請按您搭乘車資的金額

● **需要轉乘**

武藏小金井→（JR中央線）吉祥寺
→（京王井之頭線）明大前

JR中央線　　　京王井之頭線

武藏小金井 ▪▪▪ ➡ 吉祥寺 ▪▪▪ ➡ 明大前

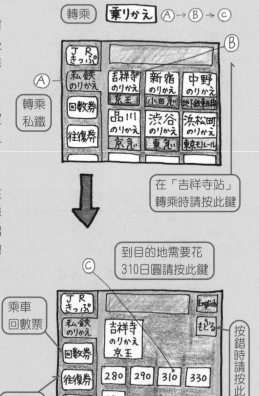

1. 購票。

　武藏小金井到明大前雖然需要轉乘，但是可以直接買到明大前的車票，所以確認金額後以上述方式購買即可。可以用直接轉乘的車票稱之為「乘り換え切符」（轉乘車票）。但是有些路線沒辦法直接買「轉乘車票」，必須出站後再買一次票。或是有些是可以買「轉乘車票」，但是目的地太遠，車資表上沒有列出金額，那就必須到服務窗口購買。

2. 轉乘。

　武藏小金井到吉祥寺搭乘「JR中央線」，在吉祥寺轉搭「京王井之頭線」。持「轉乘車票」轉搭其他列車時，有時必須先出站。出站時自動剪票機只會過票，通過後記得將剪票機吐回的票卡取出，繼續轉搭下線列車。

在「吉祥寺站」
轉乘時請按此鍵

到目的地需要花
310日圓請按此鍵

按錯時請按此鍵

 注意點

1. 轉乘時，有些車站會設置「乘り換え專用出口」（轉車專用出口）和「通常の出口」（一般出口）兩種，要注意看清楚別走錯了。不過通常在出口的地方會標示「り換え用」（轉車專用），只要注意看應該就不會搞錯了。

2. 乘車禮儀：

　擁塞時站在出入口附近的乘客要暫時下車，讓後方乘客下車後再上車。

　上車乘客要等下車乘客下車之後再上車。在台灣很容易上下車乘客就擠在車門口，在日本若沒有遵守這個禮儀，很容易引人側目哦！

　車內輕聲細語。大笑太聲交談是不禮貌的，同樣會引人側目！

3. 下面網址，可查到日本鐵路各條路線的轉乘方式、車費和時間等等，非常的方便。

http://transit.yahoo.co.jp/
http://roote.ekispert.net/

搭乘計程車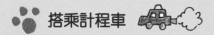

一般來說在日本搭計程車時，大部分是在「タクシー乗り場」（計程車乘車處）搭乘
——大多在車站前面。在市區的話，招手就可以叫車，此外，也可以打電話給計程車公司
叫車。

日本的計程車有大、中、小型車之分，依車型大小可搭乘的乘客數會不同。計程車資
依區域和公司不同而異，但一般來說都不便宜。以東京都 23 區內來說，其「初乗り料金」
（計程車起跳金額，2 公里內的車資）是 730 日圓，之後每 280 公尺加收 90 塊。晚上 10
點到凌晨 5 點加乘 20%，即使行使在高速公路上也會加收這個費用。

另外，日本計程車的車門都是自動開啟關閉的，並不需要自己來開關門。日本計程車
犯罪很少，可以說只有司機受害，很少有乘客受害的，所以搭乘自動開關門的計程車無須
擔心安全問題。

搭乘公車

日本的公車可分為「後ろ乗り」（從後車門上車）
和「前乗り」（從前車門上車）兩種。

⭐ 後門上車
車資是下車時再付，車資依
搭乘的距離不同而異。搭乘
方式如下：
① 從公車的後門上車。上
　車時候要取「整理券」
　（乘車券）。乘車券上
　有標示數字，是在下車
　時使用的。
② 公車裡，在司機的後上
　方會有電子告示板，上
　面有標示車資的「運賃
　表」（車資表）及站
　名。
③ 快到站時，按下車鈴。
④ 司機的旁邊會有「運賃
　箱」（投錢箱），請把
　「整理券」和車錢一同
　投進入。以乘車券上的
　數字比對車資表，就可
　知道要投多少錢。
⑤ 從前車門下車。

 此圖「整理券」上的數字為「9」，因此車資即
是司機後上方車資表的第 9 格「180 日圓」。

123

前門上車

和「後門上車」不同，上車時不需領取「整理券」，車錢也不會因距離的不同而不同，不管到哪裡車錢都是一樣。車資是上車時付。

① 雖然依各公司而異，但大部分的公司都是大人 210 日圓、小孩 110 日圓均一價。從前門上車後，把車資投入投錢箱。日本公車上有機械自動找錢服務，所以即使沒有帶剛好的零錢也沒有關係。

② 快到站時，按下車鈴。

③ 從後門下車。

注意點

1. 在公車行進間，不要起身付錢走動。若是隨便走動的話，可是會被司機教訓說「危ないので走行中は席を立たないで下さい！」（公車行駛中請不要站起來以免發生危險。）這點要注意喔！

2. 雖然公車上可以找錢，但是只有千元的紙幣可以使用，五千、一萬的大鈔是不能使用的。

3. 在日本搭公車，只要站在公車站，車子到站時不用舉手招車，公車也會停下來讓乘客上車。

4. 日本公車會規矩地在公車站牌停車，所以不必因為擔心車子會過站不停而追趕公車。